SEÑALES DE ÉREBO

FINALISTA
V PREMIO DE NOVELA DE CIENCIA FICCIÓN
CIUDAD DEL CONOCIMIENTO

JORGE ACIAGO

Colección Quasar

©: Jorge Aciago, 2024.
©: Premium Editorial, 2024.
www.editorialpremium.es

Edición: Premium Editorial.
Diseño cubierta: Premium Editorial.
Imagen cubierta: Rafael J. Cordero.

I.S.B.N.: 978-84-128213-2-1
Depósito Legal: SE-514-2024
Impreso en Andalucía (España).

Premio de Novela de
Ciencia Ficción
Ciudad del Conocimiento

Un jurado integrado por el escritor y miembro de la Real Academia Española José María Merino, el escritor Sabino Cabeza y el crítico especializado Mariano Villarreal, declaró a la presente obra *Señales de Érebo*, de Jorge Aciago, **Finalista** del **V Premio de Novela de Ciencia Ficción "Ciudad del Conocimiento"**.

Agradecimientos:

A mi madre y a mis hermanos y hermana, por dejar la imaginación encendida, el abrazo dispuesto y algún libro siempre a mano.

A mi compañera de viaje.

A Mael y Aday, luces en la noche.

«Solo aquellos que le sostengan la mirada a la noche descubrirán por dónde despunta el día».

Iconikah

La oscuridad representa lo desconocido. La nada. Una idea imposible para el cerebro humano, que tiende a proyectar imágenes, texturas y sonidos en el negro insondable. A pesar de no poder ser captado por la vista, pues le está negado a nuestro ojo descifrar su densidad impenetrable, se nos hace imposible de ignorar. Porque, aunque pueda ser la nada inconcebible, en sus entrañas, la oscuridad alberga la posibilidad del todo. Todo lo que la mente del ser humano sea capaz de poner allí en su afán por encontrar algo nuevo, una explicación, un sentido. Y las ansias por desentrañar el misterio que yace en su núcleo invisible nos instan a tratar de adentrarnos en lo más profundo de su inmensidad. Primero con la mirada, inútil al blindaje del vacío, y después con el oído, y cuando el abismo atrapa el alma del que escucha, está irremediablemente abocado a adentrarse en sus tinieblas. La oscuridad primordial. Aquella que ya estaba antes que la luz y que permanecerá por siempre cuando esta se haya extinguido.

* * *

—Aquí la comandante Sajra Estrela. Destino alcanzado. Aviso, no traten de localizar el punto de emisión de esta señal, repito, no intenten localizar el origen de esta llamada…

I. LA LLAMADA

No existe tecnología alienígena análoga a la nuestra, porque no existen formas de vida semejantes a la nuestra. La inteligencia como la concebimos es exclusiva de la Tierra. Al menos hasta que se empezó a exportar. En el tercer milenio, millones de personas viven en colonias en otros planetas, los viajes interplanetarios son una rutina para muchas de ellas, y la evolución y los avances tecnológicos siguen distintos caminos para los habitantes de diferentes partes del universo. La gravedad y la radiación solar son algunos de los factores que más influyen en la herencia genética tras generaciones y en las mejoras biotécnicas implementadas para compensarlo. Así, por ejemplo, los exportadores de minería mercurianos poseen un esqueleto infiltrado con un fluido cuya densidad varía en proporción inversa a la presión atmosférica y la masa del planeta o luna en que se encuentren, permitiéndoles *pesar lo mismo* en las diferentes estaciones de su ruta. La tecnología es el fuego robado por Prometeo que permite a la humanidad avanzar más allá de sus propios límites.

La historia de las comunicaciones con otras civilizaciones del universo se remonta a la era terrestre, cuando aún no había despegado una sola misión de colonización del planeta Tierra. La primera y más importante señal recibida del exterior fue la conocida como señal *Wow* en 1977. El ingeniero que leyó los datos del receptor alucinó debido a la intensidad y duración de la señal y escribió junto a la gráfica una famosa exclamación de asombro de aquella época, *wow*. No se recibió una señal tan clara y sin lugar a dudas de su procedencia exterior hasta la BLC1 en 2019. Pasaron años estudiándola hasta que llegaron a la conclusión de que las tres horas de emisión no podían haber sido rebotadas de ninguna otra fuente en la Tierra. Esta fue la primera señal indudablemente extraterrestre. Desde entonces las señales de radio recibidas se multiplicaron. Fue como el pistoletazo de salida de una maratón por intentar comunicarse desesperadamente desde algún lugar remoto. Recibimos la llamada, pero ignorábamos el mensaje.

La emisión en el espectro electromagnético, sin embargo, no tardó en convertirse en una tecnología saturada y desfasada para la humanidad. En el siglo XXXI, para las comunicaciones a larga distancia ya se utilizaban señales ópticas cuya portadora era una onda de luz modulada, que, gracias al acelerador de ondas ópticas situado en estaciones repetidoras por todo el sistema solar, permitían una comunicación fluida entre los diferentes planetas, y la transmisión de audio, vídeo y datos. Las de radio quedaron para facilitar las primeras comunicaciones entre diferentes puestos en lugares donde el ser humano aún no se había establecido. También se mantuvieron los grandes receptores para tratar de descifrar la procedencia y significado de las señales de radio recibidas desde la profundidad del cosmos.

Gracias a la denominada *Last Call* (última llamada), el equipo de radioastrónomos e ingenieros del Radio Telescopio del Atlántico Sur dio con la procedencia exacta de algunas de estas señales. La Confederación de Planetas Unidos decidió entonces enviar una colonia espacial a explorar el origen de esta persistente emisión. Este tipo de misiones consistía en fletar una nave-planeta donde la generación de pasajeros que partía no era la misma que llegaría a puerto, sino varias posteriores, y que generaba parte de los propios recursos que estos consumían durante el viaje. Los preparativos para la partida suponían décadas, y parte de la tripulación era relevada ya antes de emprender el viaje.

Se trataba de un trayecto de 12 parsecs o 39.12 años luz, lo que suponían 156 años de viaje, 151,79 contando dilatación temporal, aceleración y deceleración, a un cuarto de la velocidad de la luz con la tecnología de la época, un propulsor de arranque de antimateria y motores estelares de navegación. Para mantener la aceleración se trazó una ruta que pasara lo suficientemente cerca de diferentes estrellas en el trayecto para *repostar* energía. Esto era delicado, ya que debían acercarse a sistemas y estrellas aún no explorados para aprovechar los *tirones gravitacionales* y salir propulsados, del mismo modo que al saltar en una cama elástica, pero si los cálculos y maniobras no eran exactos, podían quedar atrapados en la órbita del cuerpo celeste.

Teniendo en cuenta que la esperanza de vida media rondaba los 120 años gracias a los avances en la salud, ciencia y tecnología, y el viaje llevaría unos 151 años, la regeneración era imprescindible para llegar a destino.

Para ello se disponía de dos soluciones. La primera consistía en la selección de personal civil con una buena carga genética para asegurar la descendencia. Los nacidos en el viaje serían instruidos para atender las funciones básicas de la nave y educados en las distintas ciencias y áreas culturales de la humanidad; serían los herederos y representantes de las civilizaciones del sistema solar en los nuevos mundos.

La segunda opción, reservada para algunos mandos de la tripulación, era la clonación desde una edad funcional (clones adultos), para asegurar la capacidad de llevar a término con éxito la misión. Los conocimientos y personalidad básica eran cargados en su memoria. Los datos esenciales, así como las experiencias generadas en el puesto de trabajo y en servicio, se archivaban en una zona específica del cerebro cibernético y eran transferidas al del futuro clon. Las vivencias personales se consideraban un lastre para el correcto desempeño de funciones y se desechaban.

La comandante Sajra Estrela era la tercera generación de sí misma, la segunda regeneración desde que embarcara en esta misión. Se suponía que la memoria cibernética guardaba sólo los recuerdos relacionados con las aptitudes y carácter profesionales, pero ella intuía que en la primera regeneración debió de haber algún error, porque echaba de menos a un ser peludo llamado Johnesy, y Sajra (esta Sajra), generada en una nave, no había visto un gato en su vida.

La clonación no era legal en todos los planetas, aunque la Confederación de Planetas Unidos no se podía permitir discriminar por criterios de raza, género, biología o génesis.

Lo primero eran las metas de su ambiciosa agenda estelar, así que el personal altamente capacitado de sucesión regenerativa (clones) ocupaba el sesenta por ciento de los puestos de importancia en la Confederación, ya que sobrepasaban en eficiencia y capacidades a los humanos monogenésicos. A la comandante jefe Sajra Estrela de tercera generación no le importaban demasiado esas cuestiones morales.

—A mí nadie me preguntó si quería llevar esta existencia —contaba en la cantina a Kim, oficial de vuelo y mantenimiento—, por otra parte, no existiría de otra manera. De hecho, a nadie se le pregunta si quiere existir antes de traerlo al mundo, así que supongo que en ese aspecto soy alguien normal.

—Dentro de la normalidad que supone existir —respondió Kim fijando sus ojos en los de Sajra—. Un ser único entre infinitas combinaciones. El universo juega al azar con un montón de polvo cósmico y salimos nosotras. Bueno, contigo hicieron un poco de trampa.

—¿Quién dice que la clonación no entraba dentro de los planes del universo?

Ambas alzaron su cápsula y la tragaron, buscando la expresión en la cara que ponía la otra al tomarla. En la carga había habido un error de etiquetado y varias cajas en la cantina tenían el género mezclado, de manera que podían estar brindando con un whisky escocés o un bistec de ternera. Era una inofensiva ruleta rusa a la que les gustaba jugar. Después de paladearlo surgió la palabra *coliflor*, y las dos estallaron en carcajadas.

Sajra era menuda pero robusta. El pelo le caía más largo de un lado que de otro, y apenas un par de ondas interrumpían la seda lisa de su melena morada, fruto de una pigmentación genética de su yo originaria, que también le había legado un tatuaje subcutáneo de Orión que resplandecía en la oscuridad. Los galones adornaban sus hombros anchos, pero era su mirada, dorada y firme, la que no dejaba dudas de su condición de comandante de vuelo.

Kim lucía una calva reluciente, en toda su piel no había un solo pelo y la luz se descomponía en colores al chocar con su superficie, una modificación genética la hacía apta para resistir la furia de la radiación ultravioleta y el calor del sol. Era una actualización común en los mercurianos, aunque esta había sido costeada por la Confederación para hacerla más eficiente en su trabajo de mantenimiento en exteriores. A veces pedía entre risas que se dirigieran a ella como señorita Brilli, una broma, pero para todos a bordo era la oficial Kim Téllez. Kim había embarcado de adolescente en la nave y había terminado sus prácticas para la Confederación allí. Ella, que había conocido a la anterior Sajra poco antes de que muriera por causas naturales durante el viaje, se sorprendía de lo mucho que se diferenciaba esta nueva Sajra de la otra. Esta era menos seca y estirada, aunque igual de peligrosa. Suponía que el carácter se agriaba con la edad. No tardaría en descubrirlo ella misma, se decía, aunque aún era una joven de cuarenta y ocho años.

Aquella fue la primera de muchas noches que terminaron desordenando el almacén de la cantina, rodando anudadas por el suelo.

Hacía siglos que el género y sus roles se habían trascendido en la mayor parte del sistema solar, pero algunos lo llevaban como una seña exótica de identidad, como una moda retro, recuerdo de otros tiempos, capaz de generar aún algunas polémicas estériles. En una ocasión se acusó a la nueva comandante de escoger compañeros masculinos para utilizarlos como herramienta de control de estrés.

—Aunque está permitido y no tendría nada que explicar, es rotundamente falso. Todo el mundo sabe que los tripulantes que se tienen a sí mismos como masculinos son menos eficaces en esas tareas —le dijo al compañero que se atrevió a mencionarlo después de compartir ducha—. A los hechos me remito.

El destino del viaje era Ker, un pequeño planeta de la mitad de tamaño que la Tierra y de temperaturas templadas, con una atmósfera estable y presencia de agua en estado líquido y gaseoso. Su fuerza de gravedad era 0,9 veces la de la Tierra. Todo ello favoreció la resolución de la misión, ya que, si mandaban a cientos de personas hacia un punto del vacío espacial para tratar con una civilización alienígena y esta se había extinguido cuando llegaran, al menos podrían colonizar el nuevo mundo y tener una oportunidad de sobrevivir por su cuenta gracias a las condiciones favorables del planeta. Ker orbitaba una estrella enana roja del tamaño de Júpiter llamada Fos. Su ciclo orbital era de 18,3 días terrestres y se encontraba a 39,12 años luz de la Tierra, exactamente a 151,79 años de viaje espacial a la velocidad de la Adresse, la nave fletada para responder a la llamada.

Al menos esos eran los cálculos de los ingenieros de vuelo.

19

II. MUNDOS DE SOMBRA Y LUZ

Poco después de compartir coliflor y de que Sajra le enseñara Orión a Kim en el almacén oscuro de la cantina, cuando se cumplían los treinta años de su partida, la Adresse colapsó y todos los instrumentos de navegación quedaron temporalmente fuera de servicio. Durante unos días la nave vagó a la deriva atraída por una fuerza no prevista. Estaban atravesando el horizonte de sucesos de un agujero negro que parecía haber sido ignorado por todos los cálculos previos e instrumentos de medida. Se les había echado encima como un animal acechando en un rincón del universo. Uno de los puntos de recarga previstos, la estrella Aqueronte, cuyo núcleo era más denso de lo establecido por los astrofísicos, había desviado la nave unas milésimas de grado de su trayectoria, circunstancia que confiaban en corregir manualmente, pero este depredador cósmico les esperaba agazapado y no dejó pasar el descuido.

Llegado el momento de ser devorados, la realidad convulsionó durante unos minutos. Sajra experimentó un recuerdo ajeno, el de las pruebas físicas que formaban parte del entrenamiento para entrar a trabajar como piloto en la Confederación de Planetas Unidos. La sangre amenazaba con huir por completo de su cabeza y las náuseas luchaban por abrirse paso a través de su garganta, tuvo que hacer acopio de toda su fuerza de voluntad para no desmayarse ante su tripulación, aunque muchos no tuvieron la misma consideración. Kim, sin embargo, revivió su primer colocón con el líquido que utilizaban para pulir las soldaduras de plasma; debido a aquellos *indeseados* efectos secundarios, aquel producto se guardaba bajo código en el almacén. Cada habitante de la Adresse lo vivió de manera diferente y personal, tanto que habría quien no se atrevería más tarde a contar su propia experiencia al cruzar el portal. Después de unos momentos de éxtasis, todo quedó suspendido en una calma absoluta. Los generadores de gravedad artificial se detuvieron y el abastecimiento eléctrico se cortó. Cuando muchos se preguntaban si se habrían fundido ya con el universo, se encendieron los sistemas de iluminación y circulación de aire de emergencia. Sajra deseó tener grabada en su herencia genética una oración a algún dios para tener algo que hacer en semejante situación de impotencia. Poder delegarlo todo en un ser imaginario le parecía de una simplicidad tan mística que se le antojaba demasiado complejo. Era un don innato que no le estaba reservado a una mujer de ciencia, clonada. Así que volvió a su cuadro de mando flotando y pidió informes. Después trató por enésima vez de conectar todos los sistemas y, con un alivio que tenía más que ver con la fe que con la física, comprobó que respondían.

Uno a uno se fueron reiniciando todos los sistemas de la Adresse. Aún tuvieron que pasar un par de días hasta que Kim y su equipo pudieron restablecer la normalidad en el funcionamiento de la nave, y un día más para establecer los cálculos de fecha, rumbo y situación. Cuando el ordenador cuántico proyectó en su retina los datos, Sajra descubrió que se encontraban en la constelación de Sagitario, en el borde exterior del sistema de Fos, la enana roja alrededor de la que orbitaba el planeta Ker. Habían atravesado el agujero negro y salido por el otro extremo de un agujero blanco. Según sus calendarios habían recorrido 31,4 años luz en unos pocos días y su destino se encontraba a solo unas horas de su posición actual.

Cuando la euforia por estar vivos se pasó, todos volvieron con cautela a sus cometidos con cierto extrañamiento. El sentir general era el de haber sufrido un accidente sin demasiados daños, apenas habían rallado la carrocería, pero haber estado tan cerca del acantilado aún les producía vértigo. Sin embargo, el júbilo y trabajo de los astrofísicos a bordo se multiplicó. Los agujeros de gusano habían sido teorizados y observados, incluso reproducidos a pequeña escala con modelos cuánticos, pero jamás habían sido atravesados por seres humanos en el espacio. La comandante Sajra no dejó que lo uno ni lo otro les hiciese perder la perspectiva, la misión continuaba.

La Adresse dio una vuelta de reconocimiento al nuevo mundo en una órbita baja. Ker era un planeta vivo. Un gran océano circundaba el único continente, una isla mediana cuyas dos terceras partes estaban sumidas en la sombra de su cara oscura. El planeta estaba acoplado por la gravedad a su estrella, su rotación era sincrónica, de manera que una cara se encontraba permanentemente enfrentada a su sol y la otra, dirigida a perpetuidad al vacío estelar, condenada a una noche eterna. Su cara iluminada tenía unas temperaturas que llegaban a los cincuenta grados Celsius en algunos puntos y la cara oscura sobrepasaba puntualmente los veinte bajo cero. Por este motivo, decidió establecerse el campamento en una región templada cercana a la línea del terminador, donde un crepúsculo perenne teñía el cielo de rojo durante todo el año.

Answer, el módulo de aterrizaje que descendería a tierra, iba cargado con el equipo y víveres necesarios para seis meses. La expedición estaba compuesta por la comandante Sajra, la oficial Kim y una cuadrilla de cuatro especialistas técnicos para la instalación y mantenimiento: Mila, Tarja, Haddefa y Ciro; el ingeniero de telecomunicaciones Bran Sunderson, con el equipo de comunicación por radio a larga distancia; el capitán de las fuerzas de seguridad, Ares Ramos, acompañado de un grupo de cinco soldados de la Confederación; la avanzadilla del equipo científico, liderado por la médica Arima Dabois y conformado por la bióloga Noa Brahms, el botánico Rolando Illa y la geóloga Tamira Oaks; y por último la lingüista y arqueóloga Merah Strönholm, cuyo objetivo era interpretar y facilitar la comunicación con posibles seres inteligentes en el planeta.

Se eligió como punto de aterrizaje la cima de un teso, cuya cumbre achatada y posición elevada lo convertían en el lugar óptimo para desembarcar. El aterrizaje fue suave y, una vez confirmadas las mediciones atmosféricas positivas, el módulo de descenso Answer abrió sus puertas al nuevo mundo.

La cara iluminada de Ker estaba cubierta de abundante vegetación. La humedad y las altas temperaturas favorecían la proliferación de selvas y bosques tropicales similares a los primeros aparecidos en el viejo mundo, era como mirar a la Tierra en su juventud. Grandes plantas primitivas y gigantescas poblaban la zona bañada por el sol. Apenas se veía fauna, solo algo parecido a grandes insectos o crustáceos aplanados con múltiples patas, que salían y entraban en el agua buscando alimento por el suelo. El aire tenía el sabor a salitre inconfundible del mar. El personal científico apenas había desempacado sus equipos cuando comenzaron a tomar muestras y hacer observaciones.

—Igual que niños en una feria —dijo Kim mientras cargaba los rover de expedición.

—Sobre todo cuando pensaban que sólo sus restos mortales pisarían esta tierra —respondió distraída Arima—. Hemos llegado ciento veintiún años antes de lo esperado…

—¿No es estupendo? —intervino Sajra—. Casi no les ha dado tiempo ni de preguntar «¿cuándo llegamos?».

La médica del equipo, Arima Dabois, aún no se creía que estuvieran allí. La mayoría de la tripulación se había unido a un viaje que sabía que no iba a completar. A ella, de hecho, ni siquiera le interesaba la parte de descubrir un nuevo mundo, solo estaba allí para procurar que la tripulación mantuviera una buena salud, al menos durante el viaje, o eso creía. Sin embargo, allí estaban, y ella era la primera sorprendida por sentirse emocionada al pisar aquel extraño mundo, así que podía imaginar cómo se encontraba el resto del personal científico.

Una vez cargados los rover, dejaron el Answer en el teso y se dirigieron en los vehículos al lugar elegido para levantar el campamento en la línea del terminador, apenas a diez kilómetros de allí. El avance fue lento debido a la cantidad de vegetación y al desconocimiento del terreno. Tuvieron que detenerse ante una planta gigantesca, similar a una secuoya violácea, que se atravesaba en el camino. Por suerte, siempre llevaban en los rover material de mantenimiento para los vehículos, y cortaron un pedazo del tronco con unas sierras de arco eléctrico para chapa, después hicieron rodar la porción del tronco hasta liberar el paso. Podrían haberse desviado, pero debían aprovechar para despejar el camino más corto del campamento hacia el teso, pues estaba previsto que aquel recorrido tuviera que hacerse a menudo.

La franja del terminador cubría unos cientos de metros de ancho. Allí el sol estaba detenido a poca distancia del horizonte y el cielo tenía un tono encarnado que estaba entre el ocaso y el amanecer, en función de cuánto te adentraras en la zona oscura. En este lugar la vegetación se volvía mucho menos densa, llegando a desaparecer en algunos puntos y dejando al descubierto un suelo arenoso, menos apelmazado. A medida que el terreno se internaba en la noche eterna de la cara oscura, se volvía más pobre y desértico.

El contraste de la zona diurna con la cara oscura era absoluto. El lado nocturno era poco más que un erial. Los científicos estaban asombrados por la diferencia tan salvaje entre ambas regiones.

—Es el día y la noche, literalmente —dijo Arima—. Como contemplar dos mundos en uno solo.

—Incluso en los lugares más inhóspitos de la Tierra, la vida se abre camino —comentó el botánico Rolando—, porque habiendo condiciones favorables, como las que se dan aquí, es capaz de adaptarse. Quizá la dependencia de luz de esta flora es mucho mayor que en el sistema solar.

Rolando siempre había soñado con árboles. En su planeta natal, Venus, no existían. Solo había plantas leñosas y rastreras que necesitaran poca agua, bien muy escaso allí. Por eso llegó a convertirse en un gran botánico, sus ansias por trepar a un árbol eran tan grandes que ya conocía todas las especies del Jardín Botánico Lunar antes de pisarlo por primera vez de niño. Los guardias de seguridad no pudieron bajarlo de un baobab hasta que consiguió de boca del director la promesa de una beca para estudiar allí.

—O tal vez —dijo Noa Brahms en cuclillas mientras dejaba caer un puñado de arena que se difuminaba en un finísimo polvo entre sus dedos— haya alguna condición distinta en este otro lado, algo hostil que impide que la vida agarre aquí.

La bióloga cerró el puño y guardó una muestra de tierra en un frasco. Noa era una persona pragmática, que anteponía los resultados y el bien común a sus emociones. Le gustaba lo que podía controlar y las emociones no formaban parte de ese grupo de cosas. Por eso le gustaba la biología. Entender cómo funcionan los seres vivos de dentro afuera le ayudaba a dormir mejor. La imprevista concepción y posterior nacimiento de su hijo durante el viaje hizo que temblaran los sólidos cimientos de su credo. El amor es algo que te desgarra a todos los niveles de una manera no empírica, imposible de medir en una escala no espiritual. Ella aceptaba su criptonita con resignación y ternura. Le dolía apartarse de él este tiempo, pero ya tenía edad de cuidarse solo y ella era más eficiente sin las distracciones del alma.

—Ya tendréis tiempo estos meses de jugar con los bichos y la arena —dijo Sajra en voz alta mientras paseaba organizando las tareas—. Ahora vamos a terminar de montar campamento y descansar seis horas. Según el reloj de la Adresse, son las doce y tres minutos de la medianoche, hora terrestre, a las siete sale la expedición de la Zona de Día en busca del punto de emisión de la llamada que nos ha traído hasta aquí. A las seis quiero todos los culos fuera de la cama.

Llegó hasta el domo donde el equipo de montaje estaba instalando literas.

—Kim, echadle una mano a Bran con el equipo de radio y estableced contacto con la Adresse para intercambiar informes de estado antes de que desaparezca del alcance de la antena.

—A la orden, mi comandante —respondió Kim con sorna, llevándose el dorso de la mano a la frente pulida.

Sajra la despedía de la tienda geodésica con una patada en el culo cuando entró Ares.

—El perímetro está despejado. El único pormenor reseñable son los bichos que guarda la doctora Noa en las urnas de cuarentena. Apenas se movían hasta que los hemos traído a su box en el campamento. Parece que se han puesto nerviosos. Me ha asegurado que no eran peligrosos y que se hacía responsable de ellos personalmente.

—Muy bien, Ramos, ella se encarga entonces…

—Diría que no les gusta estar aquí —insistió el capitán—. A mis soldados tampoco les da buena espina este sitio, la visibilidad decae fuera de la zona diurna y somos un blanco fácil en campo abierto.

—No creo que seamos blanco de nada, no parece que en este planeta haya algo más que esas alfombras con patas, y ni siquiera parece su zona favorita para pasear, como tú has apuntado, así que no te preocupes por ello. Podéis retiraros a descansar o lo que quiera que hagáis los militares —respondió Sajra.

La antipatía por los hombres de armas también era un rasgo heredado de la Sajra originaria. No podía estar cien por cien segura, pero tenía la sensación de que se había criado en una de las ciudades-continente militarizadas de la Tierra. A pesar de que la población estaba repartida por todo el sistema solar en cuatro planetas y cinco lunas, la Tierra seguía siendo el destino predilecto, y el control militar muy a menudo se extendía más allá de la vigilancia de fronteras. Cuando le acudían todos estos falsos recuerdos a la cabeza, Sajra, que contaba veintinueve años fisiológicos y once de existencia, tenía la sensación de haber vivido más de doscientos. Y en parte, así era.

III. EL DÍA

La lluvia les cogió desayunando. Era cálida, como una tormenta de verano, y se disipó igual de rápido. Las corrientes de aire caliente formaban a menudo aguaceros fugaces en la parte iluminada. La mayoría del personal apenas había podido dormir. Unos por la emoción, otros por la novedad, algunos por una inquietud a la que no sabían poner nombre. Bran Sunderson confirmó que aquella zona estaba libre de señales de radio, por lo que trasladaría el equipo al teso del aterrizaje, la altura le proporcionaría ventaja. Allí rastrearía todo el espectro en busca de cualquier señal y a la vez podría hacer de enlace entre los diferentes grupos de la expedición y la Adresse.

La expedición partió en dos rover y se apoyaba por aire con tres drones que barrían el terreno por cuadrantes y recogían información e imágenes que enviaban al campamento. Ker era en su gran mayoría agua y, aunque los rover eran anfibios, de momento se limitarían a buscar por tierra, empezando por la Zona de Día. La isla tenía una extensión similar a la de Groenlandia, unos dos mil millones de kilómetros cuadrados, de los cuales cerca de setecientos mil se encontraban en la cara iluminada.

Gracias a la Adresse y sus satélites de geolocalización, calculaban que podrían peinar la cara diurna terrestre en seis meses de trabajo. La idea era explorar con los rover las zonas cercanas al campamento en franjas perpendiculares desde la línea del terminador hacia el mar y volver, mientras los drones cubrían el terreno más alejado dividido en secciones.

Tras las primeras horas de ruta entendieron que sus cálculos quizá eran demasiado optimistas. La isla era el sueño de los científicos, pero la densidad y envergadura de su vegetación dificultaban la tarea de rastrear posibles asentamientos de vida inteligente. No había mucha variedad de plantas, para Sajra estaban las pequeñas, las grandes y las condenadamente grandes, y todas ellas le molestaban. Empezaba a arrepentirse de no haber comenzado la expedición por el desierto de la Zona de Noche. Pero, incluso sin haber vivido jamás en la Tierra ni conocer sus ciclos y estaciones de primera mano, sabía que habían traído con ellos, a aquella región apartada del universo, el miedo atávico a la oscuridad grabado en la genética humana, la suya incluida. Al recorrer el túnel en el espacio que les había traído hasta aquí, se dio cuenta de que hay muchas cosas en el interior de uno que vienen de lejos, no se pueden elegir. *Hasta las gentes de ciencias temen a Dios en medio de una tormenta.* Podía escuchar la voz del padre de la primera Sajra (¿de su padre?) pronunciando aquellas palabras. No tenía en su memoria, ni en la física ni en la cibernética, nada más de aquel hombre, ni su cara ni la sensación de apego, nada, sólo su voz poniendo palabras a sentimientos ancestrales. Hay cosas dentro que no se eligen. La tripulación estaría mejor preparada para recorrer la cara oscura cuando estuviera un poco más familiarizada con el planeta que debía convertirse en su nuevo hogar.

Kim, Haddefa y Sajra viajaban en el rover alfa con dos soldados; Mila, Tarja, Merah y Ares Ramos iban en el rover beta con un soldado más. Ambos vehículos seguían rutas paralelas pero distanciados medio kilómetro. Los expedicionarios recogían algunas muestras para el equipo científico, que también tenía permiso para explorar el entorno y las cercanías del campamento, aunque esto era secundario, lo principal era encontrar cualquier posible civilización que hubiera enviado las señales a la Tierra. Por ello, la lingüista y arqueóloga Merah Strönholm debía ir siempre en uno de los dos equipos, ante la posibilidad de hallar seres con los que fuera necesario comunicarse o cualquier vestigio de civilización que pudiera interpretar.

El rover alfa avanzaba lentamente por entre tallos gigantescos de colores morados, amarillos y verdosos. Kim conducía mientras Haddefa revisaba las lecturas de las sondas del vehículo en busca de alguna anomalía. De momento, el anticuado analizador de radio frecuencia mostraba todo el espectro cercano limpio de cualquier señal electromagnética proveniente del planeta. Sajra estaba de pie entre ambas, sujeta a la estructura del techo con medio cuerpo fuera, observando el monótono paisaje con minuciosidad. Sus lentillas se calibraban y enfocaban en función del punto en que fijaba la mirada. Los dos soldados armados iban en la parte de atrás.

El silencio de aquel bosque onírico solo se interrumpía por el girar de las ruedas esféricas del vehículo. Las copas de las descomunales plantas se perdían en la altura, en algunos casos a más de treinta metros, y recordaban al sombrero de los hongos, pero el cono de estas estaba dividido en multitud de volantes, láminas verticales o ramificaciones, según el ejemplar. Algunas tenían el tronco cubierto de filamentos que al pasar cerca reaccionaban erizándose en un escalofrío, similar al del vello de la piel, que recorría el enorme tallo como un oleaje produciendo un curioso siseo. Rolando las llamaba pilosa-nosecuantitos. Sajra los bautizó como árboles peludos. Al nivel del suelo solo crecían unas plantas gomosas que iban del morado al turquesa y que se estiraban o enrollaban en espiral en función de la humedad del ambiente.

Los bichos alfombra, como los había designado todo el equipo a pesar de la resistencia a llamarlos así de la bióloga, apenas hacían amago de apartarse a su paso. Parecía que no tuvieran instinto alguno de supervivencia. Noa les había dicho que debían intentar ser lo más respetuosos posibles con el entorno, ya que era un mundo joven y en desarrollo y no sabían cómo podía influir su presencia en él. Lo cierto es que Kim ya había atropellado a un par de ellos y no eran tan fáciles de matar, su exoesqueleto estriado les daba cierta resistencia y el terreno blando hacía que se hundieran bajo las esferas del rover sin llegar a reventar.

—Joder, son como una abuelita cruzando. Deberían buscar un paso de peatones —había dicho Kim tras arrollar al primero sin querer.

—Ni siquiera has vivido en la época del tráfico rodado de la Tierra, qué sabrás tú de eso —le respondió Sajra azuzándola con el pie en el costado.

—Mira quién fue a hablar… Además, hay un montón de archivos de la Tierra en la base de la nave que lo explican. Las abuelitas tienen que cruzar la calle por un paso de peatones de la mano de un joven para pasar sin peligro. A no ser que sea el coyote disfrazado, a él siempre le atropellan. —Y rio con ganas al acordarse de los dibujos animados.

Después de varias horas, llegaron a la costa y aprovecharon para hacer una parada. El mar trajo a Sajra recuerdos de lugares en los que nunca había estado. No era una sensación molesta del todo, pero sí se sentía un poco impostora cuando aquello sucedía. Para evitarlo hacía un esfuerzo por asimilar esos recuerdos como algo propio, al fin y al cabo, ella era parte de aquella que lo había vivido. Era como despertarse con una resaca de cientos de años e ir descubriendo cosas entre las lagunas de la memoria.

El mar era una seña de identidad terráquea, no se había conseguido recrear ningún otro tras siglos de colonización en los demás planetas rocosos del sistema solar. Existían algunos lagos, e incluso ríos después de lograr estabilizar las atmósferas. Las lunas de Júpiter tenían los suyos, pero estaban congelados. Así que el mar terrestre seguía siendo algo único. Hasta ahora. Este planeta tenía una masa de agua del 5% (la Tierra posee menos de un 0,1%) y cubría el 98% de su superficie. Solo una isla, diminuta en comparación con el océano que la rodeaba, había emergido. Aunque lo cierto es que gran parte del océano de Ker tenía poca profundidad. Sajra caminó decenas de metros hacia el interior y el nivel apenas subía de la rodilla. Sin embargo, tenían constancia por las mediciones de la Adresse de que había zonas alejadas de la isla donde el terreno descendía drásticamente hundiéndose en las profundidades.

Ninguno de los planetas que orbitaban la estrella Fos tenía lunas. Sin embargo, sus órbitas estaban tan próximas entre sí que los planetas más cercanos se podían ver en el cielo a plena luz. Así Érebo, el planeta anterior a Ker e inmediatamente más cercano a la estrella, se veía en el cielo más grande que la Luna terrestre desde la Tierra, y Dolos y Eris, el más cercano y el más alejado a Fos respectivamente, algo menores. Estos cuatro planetas, Dolos, Érebo, Ker y Eris, componían el sistema de Fos, y solo Ker, el tercero, parecía poseer vida.

El mar era tranquilo, ya que la distancia y orientación de Ker respecto de su sol era relativamente constante, y así lo eran también sus temperaturas, esto hacía que las corrientes de aire no fuesen muy fuertes y apenas encrespaban su superficie. Aunque el influjo de los planetas cercanos se hacía sentir en las mareas, que variaban las lindes de la playa en unos pocos metros según qué planeta se cruzase en su camino.

Sajra no podía jurarlo, pero diría que el agua de este océano era más salada que otras aguas en que se bañara en la Tierra la mujer cuya genética compartía. No sabía por qué, pero aquel vaivén tranquilo y constante (la respiración del mar, se le venía a la mente) le producía sosiego y una agradable sensación de hogar.

—Sajra… Comandante —llamó Kim sacando de su ensimismamiento a Sajra, que, hundida hasta las rodillas, volvía la vista hacia la oficial cuya piel resplandecía irisada al calor del sol—. Sunderson ya está establecido en el teso. No encuentra rastro de otras señales de radio aparte de las nuestras. Los drones ya están enviando datos al campamento. Uno de ellos, el que iba al sur de la isla, no da señales de vida, suponemos que se ha quedado sin batería en alguna zona sombría y no puede recargar… Quizá deberíamos continuar, aún nos quedan unas horas de camino hasta el campamento.

—Sí, volvemos por la ruta marcada. Si no sabemos nada del dron extraviado a lo largo del día, iremos mañana a buscarlo. ¿Tenemos noticias del rover beta? —preguntó Sajra.

—Han visto lo mismo que nosotros, plantas, bichos, mar… ni rastro de seres complejos, asentamientos o equipamiento capaz de emitir.

—Bueno, calma, acabamos de empezar y aún estaremos una temporada por aquí.

Su mirada se perdió unos segundos en la extensión azul infinita y, cuando le dio la espalda para seguir caminando hacia la playa junto a Kim, le pareció ver un destello en la superficie del agua.

IV. LA NOCHE

De vuelta en el campamento, agradecieron el clima suave de la línea del alba, que cruzaba de norte a sur la isla. Allí la temperatura cambiaba radicalmente en unos pocos metros. Hacia el este, el cielo iba del naranja al azul pasando por infinidad de matices, y cuanto más al oeste se internaba la vista, más oscuridad encontraba. Sajra sabía que en algún momento tendrían que explorar aquel desierto negro y frío que la atraía y repelía al mismo tiempo sin entender racionalmente por qué. Pero lo cierto era que, después del primer día de expedición en la cara iluminada de la isla y tras analizar los datos de los drones, tenía la impresión de que no habría muchas sorpresas en el resto del terreno diurno. Estaba empezando a dudar de si encontrarían a quien enviara aquellas señales de radio en la Zona de Día. O al menos en tierra.

Después de cenar se dirigió al box de la doctora Noa, que se encontraba diseccionando uno de los bichos alfombra. Tenía razón con lo del nombre, por dentro no parecía un felpudo.

—¿Se puede? —preguntó desde el umbral.

El box tenía la puerta abierta, pero en su interior una lona transparente aislaba a la doctora del resto de la estancia.

—Sí, adelante, no creo que a él le moleste —respondió Noa levantando la vista del espécimen y bajándose un poco la mascarilla.

—Ya, supongo. Oye, ¿qué probabilidades hay de que, en un planeta tan grande y con tanta agua, eso —dijo señalando al insecto-crustáceo— sea el único ser vivo?

—Oh, no es el único ser vivo, Sajra, a nivel microscópico tenemos bacterias, protozoos, algas… —contestó Noa agitando un tubo lleno de agua de Ker.

—Vale, de acuerdo, no he sido precisa, se me olvidaba que hablaba con una bióloga. Quiero decir, si crees que eso es lo más complejo que podemos encontrar aquí.

—Bueno, aún no lo podemos saber, pero es cierto que la vida, por lo que conocemos, empieza así: seres unicelulares que luego se asocian a otros para conformar seres pluricelulares simples y que después de muchas generaciones y adaptaciones evolucionan dando lugar a una variedad de otros seres más complejos… Pero en un principio, sí, existe una escasa gama de seres vivos complejos, y parece que este planeta está aún en esa fase.

—¿Y qué me dices del mar? Es enorme.

—Sí, estoy deseando tener los medios para hacer alguna incursión. En la Tierra la vida surgió de los mares. Si hay posibilidad de encontrar otras formas de vida, el agua es el mejor lugar donde buscar.

—Bueno, pues intentaremos adelantar la bajada del segundo módulo de descenso con el resto de tu equipo y personal, pero todo depende de cómo vayan las expediciones por tierra.

—Vaya, gracias.

—Sí, buenas noches. —Sajra se giraba ya para salir por la puerta.

—Sajra —llamó Noa—, si me estás preguntando si creo que pueda haber surgido en este planeta una especie que haya evolucionado tanto como para crear un equipo de radio…, mi respuesta es no. Yo creo que el planeta aún se encuentra en una fase inicial en cuanto a la creación de vida. No sé de dónde salieron aquellas señales y no me atrevo a poner en duda que vinieran de aquí, yo misma me embarqué voluntaria en esta misión y ni siquiera pensé que llegaría a pisar el planeta. Pero si alguien nos llamó desde aquí, desde luego no fueron estos.

Noa se encogió de hombros y extendió las manos hacia el bicho abierto en su mesa. Sajra le devolvió media sonrisa antes de desaparecer por la puerta con otras preguntas sin respuesta y pensamientos que debía madurar en la cama.

Los sueños mezclan en un lienzo las vivencias y experiencias recientes, los recuerdos del pasado y la imaginación, produciendo esperpentos únicos que hacen que el soñador reviva situaciones y sensaciones conocidas en ambientes o contextos diferentes. Para alguien que apenas tiene pasado, pero cuya memoria guarda rastros de otros pasados, soñar es vivir por vez primera momentos y emociones desconocidas. Sajra soñó con el mar y un bañador verde, con un pez de oro y cuevas sumergidas donde infinidad de colores despertaban al paso de un haz de luz; soñó con la luz muerta del sol bajo el agua y con el brillo de la vida en su superficie, también con el cadáver de un pecio hundido en las profundidades como el esqueleto de un animal gigante, que la llamaba a explorar sus tesoros ocultos, y cuando estaba muy cerca, surgía de sus entrañas una cara con una sonrisa imposible plagada de dientes como agujas. Una morena asomaba amenazante por entre las costillas del barco. Entonces unos brazos fuertes la devolvían de nuevo a la luz del día.

El segundo día de exploración se saltaron el patrón de rastreo establecido para desviarse al sur, donde la isla se estrechaba y acababa en una lengua de tierra que se desviaba al oeste, partiendo de la cara oscura para terminar en la iluminada. La misión seguía siendo la misma, pero no podían dar por perdido uno de los drones, les facilitaba mucho la búsqueda y no sería fácil construir uno nuevo, al menos hasta que se hubieran establecido por completo en el planeta. Igualmente seguirían registrando la isla en busca de señales e indicios de seres inteligentes, pero lo harían de camino hacia el dron perdido. El personal que partió en ambos rover era el mismo que el día anterior, a excepción de Mila, que se había quedado en el campamento. Se sumó a la expedición Bran Sunderson, que les acompañaba con un equipo de comunicaciones de largo alcance con el que ponerse en contacto con el teso del aterrizaje, donde Ciro le sustituiría para hacer de enlace con el campamento base.

Esta vez la distancia a cubrir era más del doble que en la expedición anterior, por lo que siguieron la línea del terminador hacia el sur, donde la vegetación era escasa y los vehículos podían avanzar a mayor velocidad. Aun así, llegar hasta el extremo de la isla les llevaría toda la jornada, por lo que cargaban con provisiones y equipamiento de acampada en previsión de tener que pasar allí varios días.

El lugar en que se perdió el dron pertenecía a la Zona de Día, pero para acceder a él había que atravesar una porción de terreno de la cara oscura. El trayecto se veía interrumpido por el mar y la línea de la costa torcía hacia el suroeste, entrando en la Zona de Noche, para emerger en la cara iluminada unos pocos kilómetros después en una lengua de tierra. Aquel cabo era la zona que debía cubrir el dron, cosa que podía haber hecho en un solo día sin problemas, pero algo había impedido que regresara. Kim suponía que debían de haber sido las baterías, quizá se agotaron estando en un lugar sombrío o tal vez en la cara oscura cuando volvía al campamento, impidiendo que se cargaran con la luz solar. Los drones tenían sistemas de seguimiento y transmisión de datos, pero a una distancia tan grande como la que había entre el campamento y aquel cabo, en un planeta sin infraestructuras, no servían de mucho. El equipo técnico tenía la esperanza de que quedase un resquicio de energía en las baterías y pudieran ponerse en contacto con él cuando se acercaran lo suficiente para averiguar su paradero.

El trayecto se hizo largo y monótono viajando por tierra de nadie, a la izquierda, el sol se mantenía bajo rozando los bosques ciclópeos, muy similares en el sur de la isla a los que había más al norte; a la derecha, la tierra se volvía oscura y desangelada, llegando a desaparecer de la vista cerca del horizonte donde el suelo se fundía con el cielo en una negrura impenetrable.

Cuando llegaron al límite sur de la costa, donde el terreno viraba al oeste adentrándose en la noche eterna, hicieron un alto para comer algo y descansar. Apenas quedaban un par de horas de camino. A unos pocos metros, la cara oscura de la isla se dejaba sentir en pequeñas ráfagas de aire frío. El paso de la luz a la oscuridad era un degradado progresivo, de modo que era difícil saber en qué momento estabas cruzando la frontera. Desde la Adresse, a cientos de kilómetros de altura, se veía como una línea firme y sólida que dividía el planeta en dos regiones irreconciliables, sin embargo, allí, a pie, la diferencia, más que verse dibujada en el suelo, se sentía. En los pies, al caminar por el terreno diferente que marcaba ambas zonas, la que aún recibía algo de luz y aquella en que la sombra nunca se disipaba. En la piel, a través de los escalofríos que producía el aire gélido que se colaba bajo los trajes. Y al oído. El viento no chocaba allí con nada, no había obstáculos y soplaba de una manera constante y desapacible.

Bran Sunderson, con la excusa de dar un paseo para bajar la comida, se abrochó la chaqueta y se adentró en la cara oscura buscando un buen lugar perdido de la vista de los demás donde hacer sus necesidades. Miraba el cielo y caminaba, pensando en todo aquello que había abandonado en otro mundo. Una vida de posibilidades en el sistema solar, de futuros probables, pero vacía de presente. Desde que tenía memoria se recordaba solo. Era uno de esos niños que llamaban corporativizados. Su familia no era un grupo de personas que compartían su sangre, sino un ejército de hombres y mujeres trajeados que compartían un logotipo en la solapa. Debido a la irresponsabilidad individual y la alta tasa de muerte infantil, siglos atrás se había aprobado una ley que permitía a las empresas la tutoría y el cuidado de menores sin hogar. Bran tuvo la suerte de que sus padres acabasen siendo la Compañía Interplanetaria Sunderson de Ondas de Comunicación. Allí, niños como él llenaban el vacío de su corazón con conocimiento y herramientas para dar forma a su futuro. El presente era solo el medio de llegar

41

a ser algo. La eterna espera, la promesa del paraíso. El hoy no vale nada si no ha habido un ayer de trabajo duro para ser una persona válida mañana. El mantra que le repetía su educadora de referencia. Marinya era lo más parecido a una hermana mayor o una tía que había tenido. Una madre no. Esa palabra estaba desterrada de su horizonte de comprensión. Era algo que no se atrevía a concebir. Marinya le enseñó muchas cosas de los principios básicos de la física de ondas, y a construir sus primeros prototipos de radio y opto comunicación. Toda enseñanza que recibía Bran estaba orientada a su futuro en la compañía. Ella también le enseñó a escuchar el universo. Con el radio telescopio adecuado podías viajar en el tiempo tanto como quisieras hasta poder escuchar la voz del universo y sus primeras palabras. Bran Sunderson tenía un futuro brillante en la compañía, pero seguía siendo un niño sin más referentes adultos que aquellos que venían a enseñarle cómo ser un buen ingeniero de ondas. Así que, a los doce años, su proyecto de fin de curso fue un emisor de pulsos ópticos que enviaba un único mensaje en bucle. En el receptor óptico no tenía ningún sentido, así que su nota no fue muy alta. Pero cuando se conectaba este a un transductor electromagnético, el mensaje cobraba significado si se descifraba con un receptor de radio telescopio. En la gráfica de ondas se podía leer *te quiero, Marinya*. Cuando se descubrió el mensaje en clave, Bran fue llamado a dirección y su proyecto recibió la nota más alta. Como recompensa, Bran empezó sus prácticas a tiempo parcial en la compañía, pues demostraba más aptitudes a su temprana edad que algunos trabajadores veteranos. Al día siguiente esperaba con ansia llegar a clase para contar las buenas noticias. Pero cuando entró, Marinya no estaba. La habían destinado a otra colonia en Ío. Su trabajo allí había terminado. Un futuro lleno de posibilidades y un presente vacío. Eso era lo que Bran había dejado.

Embelesado con el juego de colores del cielo, no prestó atención al suelo y tropezó, cayendo de rodillas y maldiciendo aquella puta piedra. Había tropezado con unos bloques de roca que, si no fuera por el conocimiento que tenían ya del lugar, habría dicho que no eran de formación natural. Sus conocimientos de geología eran escasos, pero sabía que las piedras en zonas volcánicas podían adquirir formas extrañas, como aquellas impresionantes holografías que le había enseñado Tamira, la geóloga, de un lugar en la Tierra al que llamaban la Calzada de los Gigantes, unas columnas hexagonales de basalto producidas por el enfriamiento de la lava. Sí, esto se parecía un poco a aquello, unas piedras con forma geométrica. Entre varios de estos bloques, había un hueco cuyo fondo era invisible debido a la oscuridad, el sol apenas se intuía ya en una línea azul oscura en el horizonte, no quedaba ni rastro de sus compañeros, era el lugar perfecto. Bran se subió encima de una de aquellas rocas y con un escalofrío se bajó los pantalones y se agachó.

Mientras apretaba para que la operación fuese rápida y no se le helase el culo, las sombras más oscuras emergieron de entre las rocas y se arremolinaron como una fumarola en torno a su figura agachada. Cuando Bran se levantó, una nube densa de oscuridad entró en sus fosas nasales al inspirar y el ingeniero sintió como si una papilla espesa invadiera sus pulmones y estallara como una granada sembrando flores de cristal y metralla en su organismo. Y todo fue oscuridad.

* * *

Los potentes faros del rover barrían la zona cuando al fin lo vieron, tieso, de pie en las sombras, con los ojos y la boca muy abiertos y a punto de morir de congelación. Tarja y Hadeffa lo despegaron del suelo, parecía que las plantas de sus pies estaban cristalizando en el terreno, y lo llevaron tumbado y rígido a uno de los vehículos. Allí lo cubrieron de mantas y lo examinaron. No reaccionaba, pero cuando entró en calor, sus músculos se relajaron, su cara perdió el rictus y sus ojos se cerraron. Su respiración era normal, aunque su temperatura algo elevada, y sudaba. Por lo demás, parecía estar durmiendo un sueño febril.

Cuando llegaron al lugar donde establecieron el campamento del cabo sur, de nuevo en la zona diurna, dejaron a Bran durmiendo en una tienda y comenzaron a montar el equipo de comunicaciones para ponerse en contacto con la doctora Arima a fin de que les diera algunas instrucciones para atenderlo.

Sajra y Kim habían terminado de conectar la radio y estaban probando por tercera vez a establecer comunicación con Ciro en el teso del aterrizaje cuando sonó una voz a su espalda.

—Eso no va ahí.

Ambas se giraron hacia la puerta de la tienda y vieron a Bran, pálido, señalando un cable.

—Habéis conectado la salida en la entrada y la entrada en la salida. Así no va a funcionar nunca.

Tenía mala cara, pero él parecía no darse cuenta.

—Bran, ¿estás bien? —preguntó Sajra incorporándose de la mesa.

—Sí...bueno, me duele la cabeza y me... —frunció un poco los ojos mientras pasaba al interior de la tienda— me molesta mucho la luz, pero por lo demás... ¿por qué estáis montando vosotras mi equipo?

—Bran, te encontramos a punto de congelarte en la cara oscura, con el culo al aire...

—Ah, sí, bueno fui a...

—Sí, a cagar —resolvió Kim—. ¿Qué coño te pasó ahí afuera, tío? ¿Eres tonto? ¿Cómo se te ocurre ir a cagar a un kilómetro de distancia a ocho bajo cero? Si me lo hubieras dicho, yo misma te habría excavado un agujero al lado de un rover.

—Lo siento —dijo Bran avergonzado—, no sé qué me pasó.

—Probablemente un shock térmico o algo así —respondió Sajra volviéndose a sentar—. Voy a ver si consigo contactar con Arima y nos cuenta algo útil. Kim, ya puedes volver con las tareas de rastreo del dron.

Kim dio un golpecito en el hombro de Bran cuando pasó junto a él en la puerta y salió. Sajrá palmeó la silla que estaba a su lado.

—Tú, culo de hielo, siéntate aquí conmigo y explícame algunas cosas de este cacharro prehistórico, vamos a ver si Arima consigue hacerte un diagnóstico por radio.

Después de unas recomendaciones médicas de la doctora, decidieron que aquel día había sido ya demasiado largo y se fueron a descansar unas horas. Si no se establece una rutina de descanso en un lugar en que el sol está prácticamente inmóvil, se corre el peligro de volverse loco.

V. MIRADAS Y VESTIGIOS

A la mañana siguiente, Bran se encontraba algo peor y no quería salir de la cama, tenía náuseas y no toleraba la luz del sol, le producía jaqueca. Arima le había prescrito algunos medicamentos y pidió que la mantuvieran informada. Si empeoraba o la fiebre no bajaba deberían llevarlo al campamento base. Sajra manejaba ya la radio sin necesidad de ayuda y le enviaba informes con el estado de Bran cada poco, otra ventaja de ser una clon con un cerebro cibernético, poseía los conocimientos y experiencia de una anciana (o dos) en el campo aeroespacial, pero también tenía la capacidad de aprendizaje de una muchacha. Ella y Haddefa se quedarían aquel día en el campamento junto a Bran.

Los demás se prepararon para comenzar la exploración del cabo. Aquella zona costera tenía una vegetación menos densa y monumental, la mayoría eran plantas bajas a excepción de unas pocas arboledas solitarias. A diferencia del resto de la isla que ya conocían, prácticamente plana salvo por el teso del aterrizaje, allí el terreno era algo más accidentado, se levantaba en varios puntos en pequeños montículos pedregosos. El cabo se elevaba sobre el nivel del mar y sus bordes acababan en despeñaderos de poca altura.

Al poco de partir, Tarja encontró una señal débil del dron perdido, procedía de la costa, no muy lejos del campamento. Cuando llegaron al lugar, se encontraron el aparato en el suelo, maltrecho, suponían que por la caída. Les llevaría un buen rato recuperar la información para saber por qué se había parado. Tras cargar los restos, volvieron al campamento.

Kim y Tarja estuvieron trabajando buena parte del día en el dron para recuperar finalmente la memoria casi íntegra. Entre las últimas imágenes grabadas por el aparato encontraron algo extraño. Llamaron a Sajra para que juzgara por sí misma.

La holografía mostraba el paisaje pedregoso de la costa con algunos montículos que vistos desde el mar parecían construcciones.

—¿Qué ves ahí? —Kim señalaba uno de los montículos de piedras en la holografía congelada.

—Piedras…—respondió Sajra precipitadamente, y antes de que la interrumpiera Kim— piedras apiladas.

—Eso es lo que pensábamos, si te fijas están perfectamente ordenadas en filas escalonadas, incluso diría que eso es una entrada.

—¿Me estás diciendo que es una casa? —preguntó Sajra levantando una ceja.

—O alguna construcción, no lo sé…

—Tarja, ¿podrías avisar a Merah para que venga? Estará en su tienda, ella es la experta en piedras antiguas y civilizaciones, quizá tenga una visión más objetiva—. Tarja se levantó y salió en busca de la arqueóloga—. ¿Sabemos dónde es esto?

—Comparando las horas de grabación con el trayecto que debía seguir el dron es fácil de localizar… Pero aún hay algo más. —Kim buscó en la memoria del dron hasta llegar casi al final de la grabación.

En las imágenes se veía una porción de la costa y algunos montículos que parecían derruidos. A diferencia de la primera imagen que le enseñaran a Sajra, estos tenían las piedras esparcidas sin ningún orden y estaban achatados. En un momento dado la imagen se cortaba, se producían unas interferencias, volvía y se veía el suelo cada vez más cerca hasta desvanecerse.

—¿Has notado algo raro? —preguntó Kim.

—Un brillo —dijo Sajra.

—¿Qué? —preguntó asombrada Kim.

—Un brillo —repitió—. Justo antes de las interferencias y el corte, cerca de los acantilados, he visto un brillo distinto…

—Vale… —concedió Kim, que no había notado nada de eso—. ¿Entonces no has visto nada volando?

Ante la cara de perplejidad de Sajra, Kim volvió a poner las imágenes holográficas a la mitad de velocidad. Después de los montículos derruidos, se apreciaba un brillo fugaz en el extremo de la imagen y, acercándose por el aire hacia el dron, algo de color gris. Acto seguido, las interferencias y el aparato cayendo.

—¿Ahora? —preguntó Kim.

—¿Han apedreado nuestro dron?

—Ya no soy la única que lo ha dicho —dijo Kim satisfecha, dándose una palmada en las piernas.

Merah siempre tuvo una curiosidad que ardía dentro de su despeinada cabeza de pelo rojo. Se había estado preparando toda su vida para aquello. Descubrir e interpretar civilizaciones desconocidas. Cuando ella comenzó a interesarse por la arqueología en la Tierra, ya no quedaban hallazgos desconocidos en los que trabajar. Los nuevos métodos científicos ligados a la tecnología más puntera habían dicho hacía tiempo su última palabra respecto a cualquier asentamiento humano de toda época. Pero su abuela, que tenía mucho que ver en su afán por el conocimiento, le decía que no son los ojos los que descubren algo nuevo, sino las miradas las que enseñan a los ojos a ver un lugar como si nunca lo hubieran visto. Así que su mirada siempre se dirigía a rincones nuevos. Desde pequeña observaba con escrúpulo científico el comportamiento de las cucarachas de casa y hasta predijo, deduciéndolo de su manera de pasear por el viejo suelo de madera, cuál era el lugar por el que entraban en la vivienda y el momento que más les gustaba para salir a comer. Esa información le gustó mucho al servicio de exterminio de plagas, que escuchó atentamente, tomando notas, la narración pormenorizada del comportamiento de la civilización cucarachera no solo de su casa, sino de todo el distrito. Se sintió muy bien al ver que su objeto de estudio le interesaba tanto a alguien. Cuando se libraron de ellas gracias a su trabajo de observación, ya no se sintió tan bien. Desde entonces comprendió que la información es un arma según en manos de quien la dejes. Para compensar, su abuela le regaló por su cumpleaños un terrario con cucarachas gigantes de Madagascar y el libro *Antiguas civilizaciones del mundo*, que perteneció a su madre, muerta hacía años en un viaje interplanetario de trabajo. A los pocos días todas las cucarachas tenían nombre de faraones, reinas y personajes mitológicos. Más

49

adelante, su proyecto sobre la comunicación de los insectos como seres sociales, con ejemplos en directo, asombró y repugnó a partes iguales en su clase. Unos años después, Merah levantó la vista de las plagas de insectos del subsuelo hacia las estrellas. Allí había mundos infinitos esperando en silencio a mostrarse a quien quisiera prestarle ojos. Aún nadie había encontrado vestigios de civilizaciones o vida más allá de la Tierra. Entonces localizaron aquellas señales de radio que se repetían provenientes de este planeta. Merah había nacido para descubrir e interpretar aquella civilización, fueran quienes fueran, existiesen en la actualidad o se hubieran extinguido hacía siglos.

La arqueóloga estuvo estudiando las imágenes que le mostró Kim y haciendo bocetos hasta bien entrada la hora que correspondería a la noche terrestre. Después ordenó todo el material e invitó al equipo al completo a reunirse con ella en su tienda. Allí explicó algunas de las conclusiones a las que había llegado.

—Creo que hemos dado con una civilización —dijo sin poder evitar que se le escapara una sonrisa—. O, al menos, los vestigios de una. El mal estado de la mayoría de las edificaciones me hace pensar que ya no estaría en activo o, como poco, se encontraría en decadencia. Tendría que explorar la zona para confirmarlo.

—Pero ¿qué son esos montículos? —la interrumpió Kim.

—Diría que es improbable que sean de origen natural, dicho de otro modo, creo que son construcciones realizadas por algún tipo de ser complejo, capaz de manejar objetos simples y perteneciente a un grupo con cierta estructura social, a juzgar por el número de túmulos que se observan.

—Por las imágenes que hemos visto, ¿crees que manejan tecnología? —preguntó Sajra.

—Creo que nada más allá de argamasa y quizá algunas herramientas simples para extraer o montar esos bloques en filas. Pero es difícil saberlo sin echarle un ojo de cerca a esas piedras. Lo que sí me atrevo a aventurar es que, si se tratara de algún tipo de civilización, estas edificaciones señalan un desarrollo que no iría más allá del equivalente al periodo paleolítico terrestre.

—¿Y dices que quien haya construido eso podría no existir ya? —preguntó Tarja.

—Por el estado de las construcciones, eso parece.

—¿Entonces, la pedrada? —preguntó Tarja

—Exacto —dijo Kim, que estaba esperando que llegara el momento de hablar del derribo de su dron.

—Eso no puedo explicarlo —dijo Merah—, ¿quizá un aerolito? No sé, las expertas en el cielo sois vosotras. Tal vez chocó con algo.

—¿Qué? ¡No! —protestó Kim—. Se ve claramente que el objeto viene desde tierra directo a la cámara.

—Se podría decir entonces que son hostiles… —intervino Ramos, que no solía meterse en cuestiones científicas, pero entraba fácilmente cuando comprendía que el tema tocaba su campo.

—No lo sé —respondió Merah—, no creo. Quiero decir…, si algo hubiera atravesado el cielo de un poblado paleolítico en la Tierra, ¿cómo crees que lo habrían recibido?

—Luego, podemos decir que hay que mantenerse alerta —sentenció Ramos.

—Yo no he dicho… —empezó Merah.

—Vale —cortó Sajra—, creo que ya hemos hablado suficiente del tema y estamos todos muy cansados. Ha sido un día largo y son las... —comprobó la hora de la Adresse— dos de la mañana. Vamos a descansar un poco y a las siete volvemos a reunirnos para organizarnos. Mañana saldrá un rover a explorar la zona de los montículos... —miró de reojo a Ramos, quien se agitaba nervioso— y sí, Ramos, seremos precavidos y contaremos con tu experiencia en defensa. ¿Disponemos de algún sistema a prueba de piedras y palos?

Por toda respuesta, Ares Ramos, ajeno a la ironía, se llevó la mano a la cintura, donde colgaba un arma eléctrica y otros elementos de tortura.

—Muy bien, ahora todos a dormir. Mañana visitaremos a los vecinos.

VI. EL RELOJ

El descubrimiento de posibles ruinas de alguna cultura nativa detuvo el resto de los planes, al menos hasta que se confirmase si realmente eran construcciones de algún tipo de civilización, si esta seguía en activo y si era la causante de las señales de radio que habían llegado a la Tierra procedentes de ese planeta.

—Tal vez —le había dicho Merah a Sajra— sólo sean restos arqueológicos de una civilización antigua extinta. Pero si hay una, puede que haya otras más avanzadas derivadas de esta, aquí o en otros lugares de la isla. Hasta que no visitemos los restos no lo sabremos.

La situación se comunicó al campamento base y a la Adresse con cautela. Sólo habían encontrado una huella, ahora tenían que seguirla.

Bran se pasaba el día dormitando entre fiebres que aparecían y desaparecían. Arima quería que lo llevaran al campamento, pero reconoció a Sajra que, si no mejoraba con los medicamentos que estaba tomando, no podría hacer por él mucho más de lo que ya estaban haciendo allí, así que en caso de empeorar le hizo prometer que avisaría para que lo trasladaran a la Adresse, donde disponían de medios para tratar cualquier complicación que pudiera darse. De momento pidió que le mantuvieran la fiebre a raya y bien hidratado. Ninguna lo decía, pero ambas sabían que la situación era compleja. La distancia al campamento base era grande y el hallazgo que habían hecho requería que permanecieran en el lugar al menos hasta tener algunas certezas. Ahora no podían marcharse de allí por lo que parecía una infección respiratoria.

Bran también lo sabía. Era consciente de que su situación era mala, podía sentir cómo se deshacía por dentro como si se estuviera digiriendo a sí mismo, descomponiéndose y transformando sus entrañas en una pulpa. Debería estar sufriendo unos dolores horribles y apenas ser capaz de moverse o de pensar, sin embargo, no era así. A pesar de que le costaba moverse, no sentía dolor, apenas sentía nada y su pensamiento se estaba volviendo más complejo y abstracto. En ocasiones no alcanzaba a seguirse a sí mismo en el hilo de sus cavilaciones, se escapaban de la lógica y la forma de su antiguo pensamiento. Algo se había puesto en marcha y tenía la impresión de ir de pasajero en un tren ultrasónico. No sabía conducirlo ni tampoco cómo detenerlo. Pero no le importaba. Había alcanzado un estado de apatía imperturbable que le permitía estar por encima de todo ello. No estaba bien, tampoco mal y ni lo uno ni lo otro importaba ya.

Los dos rover partieron hacia las ruinas, esta vez Tarja y Haddefa se quedaron en el campamento acompañando a Bran, y Sajra se unió a la expedición, era mejor que estuviera en caso de que hubiera que tomar decisiones difíciles, al fin y al cabo, era la comandante, ese era su cometido.

No tardaron en llegar a la costa donde, al pie del despeñadero, había varios montículos de piedra. La mayoría eran de pequeño tamaño y estaban derruidos, con los bloques desperdigados. Solo uno, mayor que los demás, permanecía en pie. El lado del montículo que daba al interior de la isla estaba cubierto por tierra y habían crecido unas pocas plantas en su loma, el lado que miraba hacia el mar presentaba la estructura que habían visto en las imágenes del dron. Era una especie de pirámide escalonada echa con bloques lisos de pequeño tamaño con forma de cubos casi perfectos, tenía una altura de unos cuatro metros y una pequeña apertura ubicada a dos metros sobre el terreno en la cara orientada hacia el sol.

Ramos no permitió que se acercase nadie hasta que hubieran registrado la zona. Ante las protestas de Merah de que podían alterar algún hallazgo importante, Sajra pidió a los soldados que, sin pisar adentro, comprobaran que no había peligro. No tardaron mucho, pues el interior era muy angosto y con un vistazo desde fuera fue suficiente. Mientras ascendía por los bloques, Merah recogía algunas muestras y esbozaba dibujos rápidos sobre la forma de la construcción, su orientación y esquemas de su posición y dimensiones. Todo ello quedaría registrado en holografías editables, pero le gustaba tener algo físico donde poder garabatear, la ayudaba a entender mejor lo que veía, y le hacía sentir como una arqueóloga antigua. Creía que, para estudiar una cultura antigua, si los medios eran rudimentarios, se acercaría más a la realidad de aquellos que la vivieron y podría comprender a más niveles dicha civilización.

La entrada era un hueco irregular y daba a un cortísimo pasillo que giraba sobre sí mismo varias veces en un incómodo laberinto mínimo. Por él cabía una persona a gatas y con dificultad. El interior de la estancia se ensanchaba un poco, pero apenas había sitio para uno, así que solo entró Merah. En un primer vistazo no distinguió nada especial, salvo que faltaban algunos bloques aquí y allá por las paredes y el suelo. Una vez comprobó que no había ninguna otra cosa que llamara su atención, volvió a detenerse en aquel detalle. Los huecos que dejaban los bloques parecían seguir cierto patrón. Apagó la luz artificial de su linterna para intentar observar aquello con los ojos de quien lo construyera, si eso era posible. Entonces se dio cuenta de que estaba tapando la luz que entraba a su espalda por el agujero. Se hizo a un lado apretándose contra la pared lateral y la luz de Fos, el sol de aquel planeta, se recortó contra los bordes irregulares y angulosos de la puerta en un haz afilado que rellenó limpiamente uno de los huecos del suelo. La entrada, con sus extraños recovecos, era una trampa para la luz, que menguaba y era conducida como un foco hasta allí. Merah tomó medidas, más notas y grabaciones.

—Es una especie de reloj astronómico o calendario solar —dijo Merah al salir—. Aún no sé lo que significan algunos de los hitos marcados, pero señala las pequeñas variaciones del sol. Necesito algo más de información sobre los movimientos del planeta y posibles fenómenos astronómicos.

—Para eso lo mejor es ponerse en contacto con la Adresse —dijo Sajra—. Allí el equipo de astrofísica te puede dar todos los datos que necesites. ¿Ya lo tienes todo?

—Sí, bueno, me gustaría volver en los siguientes días, hacer algunas excavaciones y revisar las construcciones derruidas…, pero por hoy tengo trabajo suficiente, y creo que esto —dijo Merah señalando la pirámide— nos puede decir más sobre este sitio que cualquier otra cosa. Pero antes tengo que descifrarlo.

—Está bien. El rover alfa vuelve al campamento, el rover beta sigue explorando la zona. Kim, si encontráis algo nuevo o extraño, os ponéis en contacto.

Merah y Sajra volvieron al campamento con las muestras, imágenes y apuntes de la pirámide. Allí Merah esperó el momento adecuado para ponerse en contacto con la Adresse y estuvo intercambiando información y comparándola con los datos que tenía. Con la localización exacta de las coordenadas y su altura respecto del nivel del mar, pudieron relacionar algunas de las marcas en la pirámide con algo similar a las estaciones terrestres, puntos de máxima y mínima distancia del planeta a su estrella; también la variación que correspondería a una vuelta completa al sol y sobre sí mismo, que eran coincidentes, ya que la rotación era síncrona y tanto el movimiento de traslación como el de rotación era de 18,3 días terrestres. También dedujeron que estaban señalados algunos momentos en que Ker se cruzaba con otros planetas vecinos en sus órbitas. Esto tardaron más tiempo en resolverlo y necesitaron contactar con Kim, que aún estaba explorando la zona, para que afinase algunas medidas entre marcas. Comparando estas mediciones con el modelo del sistema estelar que habían creado los astrónomos de la Adresse, descubrieron que uno de los puntos señalados correspondía al paso de Érebo, el planeta más cercano, entre el sol y Ker. Debido a la resonancia orbital, que hacía que ambos planetas fueran acompañados durante un trecho de sus órbitas, el eclipse total producido por este evento astronómico duraba 18 horas. Como las órbitas de ambos planetas no eran completamente paralelas, esto no ocurría siempre que se cruzaban, sólo cuando lo hacían en unas condiciones específicas que se cumplían aproximadamente cada 13 años de Ker, es decir, en un periodo que correspondía a 238 días terrestres.

—Y según la predicción del modelo, tendremos un eclipse de este tipo en 48 horas —concluyó Merah.

—Intentaremos que nos coja en el campamento base —dijo Sajra.

—Aún tengo mucho trabajo aquí —protestó Merah sorprendida.

—Lo sé, pero ya hemos encontrado el dron. Y esto que hemos descubierto no son radio telescopios, ¿me equivoco?

Merah agachó la cabeza ante la brusca contestación. Era cierto que aquello no era exactamente lo que habían venido a buscar a 151 años de viaje desde la Tierra, pero era un hallazgo muy importante, y quizá fuera capaz de explicar aquellas señales que llegaban procedentes de aquel planeta. Esto era muy importante para ella, desde luego, pero también para la misión y para el futuro asentamiento de la humanidad. Y Sajra lo sabía.

—Lo siento, Merah. Tengo que mirar por todos. Vamos a pasar esta noche aquí, y si Bran no mejora, por la mañana salimos cagando leches hacia el campamento base. Y que Arima decida lo que es mejor para él. Si todo va bien, te prometo que volverás a este sitio, con el equipamiento y el personal adecuado. No sé qué cálculos habrás hecho con los de ahí arriba, pero creo que aún vamos a pasar un tiempo en este planeta…

Merah consiguió esbozar una sonrisa antes de despedirse.

Sajra no tardó en irse a la cama. Miles de pensamientos y recuerdos orbitaban su cabeza cada noche (si se podía llamar noche a dormir a pleno sol) hasta que se quedaba exhausta tratando de asimilar y organizar todo lo vivido por ella y por las otras, que no eran ella, pero de algún modo sí lo eran. Le parecía que a menudo acudían a su consciencia fantasmas y recuerdos que la ayudaban a completar el presente y seguir el camino adecuado. Una sabiduría genética que sustituía a la generacional. Sajra no había tenido familia en el sentido estricto, pero sentía que las mujeres que la habían precedido le hablaban a través de su memoria colectiva. Le servían de guía, igual que en el manejo de una nave, en la vida.

En un planeta prácticamente vacío, apenas el ruido suave del viento y las olas lejanas rompían el silencio continuo. Así que cuando Sajra escuchó una lata cayendo a decenas de metros, se despertó. Miró el reloj en sus lentillas, aún faltaba una hora para levantarse, pero dudaba que pudiera volver a dormir, así que salió de su tienda. Era extraño que, habiendo vivido literalmente toda su vida en una nave, se levantara de la cama con la sensación de que afuera sería de noche. No era así en un planeta con el día detenido en uno de sus extremos, pero desde luego tampoco en una nave cuya luz era artificial. Imaginaba, una vez más, que era un instinto humano heredado de su genética. Aunque quizá no estuviera equivocada del todo, pues lo cierto es que afuera de ambos, del planeta y de la nave, en el espacio siempre es de noche.

En el exterior el sol inmóvil le dio los buenos días.

Volvió a escuchar el ruido y lo situó a algo más de cien metros en dirección a una arboleda. Un sonido que le recordaba al de platos entrechocando. Aguzó la vista en aquella dirección y sus lentillas le ayudaron a captar un destello entre los árboles, igual que el del vídeo y el que intuyera en el mar el primer día de exploración. Aparcado a la entrada de la tienda de Ramos estaba su monosfera. El marciano hacía ejercicio a diario, pero odiaba andar más de lo estrictamente necesario. En Marte, el planeta natal de Ares Ramos, las distancias entre casas eran enormes y estaba acostumbrado a ir a todos lados con aquel cacharro. Sajra se subió un momento y tanteó su equilibrio sobre el aparato. Se trataba de una bola cubierta por un alero y dos estribos, no debía de ser muy complicado. Sajra inclinó su cuerpo hacia delante y la monosfera salió disparada con ella encima en dirección al bosque.

Cuando llegó al lugar en que había visto el destello, encontró platos metálicos del campamento y restos de comida allí tirados, unas latas intactas y media docena de envoltorios de *Choc'up, la chocolatina de altos vuelos*. En medio del bosque, el silencio era absoluto. Miró por entre los troncos, atenta a cualquier pequeño movimiento. Entonces escuchó un leve siseo y se giró. Uno de los árboles peludos a su derecha estaba teniendo un escalofrío, sus filamentos se estremecían tras el paso de algo. A continuación, otro más allá y después otro. Una hilera de troncos erizados delataba el trayecto de algo que huía en dirección sur, la ruta más corta hacia el mar. Sajra se inclinó sobre la monosfera y siguió el rastro de árboles peludos que se agitaban al paso del fugitivo. Al poco divisó una figura plateada que corría ágilmente por entre las plantas. Sajra silbó lo más fuerte que pudo para atraer la atención de la criatura, sorprendiéndose a sí misma de esa habilidad, hasta entonces desconocida. El ser volvió su mirada hacia ella sin dejar de correr y se estampó contra un tronco. Cuando Sajra se acercó, aún movía las patas en un espasmo. Estaba inconsciente, pero parecía que aún vivía. Tenía seis patas, las dos de atrás más largas. Era alargado, de poco más de un metro y de color plateado. Se parecía a un insecto enorme pero también en cierto modo a un pez, su cuerpo estaba cubierto de algo parecido a escamas. Era como un pececillo de plata gigante. Su cabeza tenía dos pares de ojos grandes y compuestos y una mandíbula con apéndices bucales como los de un cangrejo. Su cuerpo estaba rematado en una cola aplanada.

Sajra estaba en cuclillas pensando qué hacer con aquella criatura cuando llegó un rover conducido por el capitán Ramos acompañado del soldado que le había avisado de lo ocurrido.

—Llegáis a tiempo —dijo Sajra—. Echadme una mano, vamos a cargarlo con cuidado en la parte de atrás.

VII. PLATA

El revuelo en los campamentos y en la Adresse fue enorme. Habían encontrado un nuevo ser, el mayor y más complejo hasta la fecha, y aún no sabían si inteligente, pero todo indicaba que era el responsable de las construcciones de la costa. Noa pidió permiso para trasladarse al sur para estudiar el espécimen, pero Sajra le prometió que lo llevarían con ellos al campamento base y que marcharían aquella misma jornada. El resto del equipo científico, desde la Adresse, aceleró los preparativos del segundo módulo de aterrizaje previendo que fuera necesaria su intervención.

Hasta Bran se levantó de la cama para ver a la criatura, aunque no pudo andar hasta la tienda por su propio pie, y pidió que le ayudaran a cubrirse del sol porque decía que le quemaba. Tenía la boca cubierta de ampollas y su piel parecía muy fina, iba perdiendo color cada día, dejando traslucir el entramado de venas oscuras que le surcaban la carne como un manojo de relámpagos en una tormenta eléctrica. Sajra tenía un mal presentimiento respecto a Sunderson y quería volver cuanto antes para que Arima lo viera, algo lo estaba consumiendo. Era una estupidez impropia de una persona de ciencia, pero en ocasiones no podía evitar tener ciertas sensaciones extrañas. Sentir *más allá* de los sentidos físicos. Kim se burlaba de ella y decía que le dejaron un cable suelto. *Intuición anormal* lo llamaba ella entre risas. El caso es que Sajra *sentía* que la noche había penetrado en Bran y estaba devorando su luz.

Después del espectáculo de la llegada con la criatura, Sajra dio la orden de recoger para tratar de estar de vuelta en el campamento base al día siguiente, pues tenían toda una jornada de viaje. El ser plateado estaba aislado en una urna de retención de densidad variable. Cuando este se despertó, corrió de un lado a otro chocando con las paredes que adaptaban su consistencia y amortiguaban los golpes, minimizando el impacto para que la criatura no se hiciera daño. No paraba de hacer ruidos chasqueando sus apéndices bucales. Merah decía que trataba de comunicarse o tal vez pedir ayuda. Cuando escuchó esto, Ramos se puso tenso y apostó dos soldados en la puerta de la carpa donde lo guardaban por si atraía a otros. Merah no creía que hubiera más como él, o al menos, no muchos.

—Entre otras cosas —dijo—, por el estado de las construcciones de la costa. Estoy segura de que esas formaciones son obra de estos seres. Además, si hubiera más como este, no habría venido solo al campamento.

—Quizá sea la avanzadilla. No haremos mal en ser precavidos y estar atentos —contestó Ramos.

La visita de Bran Sunderson alteró aún más a la criatura. Bran miraba con ojos hundidos al ser dentro de la urna y este corría nervioso, se le erizaban sus escamas plateadas y golpeaba el suelo con la cola enérgicamente. Tarja tuvo que llevarse de nuevo a Bran en su silla porque temían que a la criatura le diera un infarto, si es que tenía corazón. Cuando se fueron, se quedó acurrucada en un rincón. Sajra le pidió a Merah que tratara de entenderse con ella, si había algo de inteligencia detrás de esos ojos grandes y asustados. Merah reconoció que aquel alienígena estaba a medio camino entre ser objeto de su trabajo y el de la bióloga Noa Brahms. Admitía cierto grado de adaptación e inteligencia necesarios para construir un calendario astronómico, sin embargo, creía que era un tipo de inteligencia diferente a la de los seres del sistema solar. Merah no estaba del todo segura de si iba a tratar de comunicarse con algo más cercano a un animal inteligente que a un humano primitivo. Sajra le concedió esa mañana para hacer algún progreso, después se marcharían.

Merah comenzó intentando grabar los diferentes sonidos que emitía la criatura para discriminarlos y ver cuáles se repetían y en qué situaciones con ayuda de un analizador. Pero después de la visita de Bran, parecía que la criatura se había quedado exhausta y sin *habla*. Tenía muy poco tiempo, así que decidió jugársela e introducir algunos objetos en la urna: unas tizas de colores, una pequeña pelota, y algunas piedras y muestras de los bloques recogidas en la pirámide.

Entonces la criatura se giró y se acercó despacio al cajón de los objetos. Sus movimientos ahora eran lentos y calmados. Desviar su atención a aquellas cosas parecía funcionar, aparentaba estar más tranquila. Con las patas delanteras, apenas provistas de unas escarpias, volcó la caja y comenzó a separar los objetos. Entonces, del extremo de su cola plana, desplegó una especie de abanico cuyos segmentos articulados se abrían y cerraban en torno a los objetos para sujetarlos, palparlos o moverlos de sitio, casi como una mano. Así debía de ser como apilaban los bloques para construir las pirámides, pensó Merah. Estuvo largo rato manipulando los objetos y distribuyéndolos por el suelo con paciencia y minuciosidad. Cuando terminó, se apartó de nuevo a su rincón.

Merah no veía coherencia en la colocación de los objetos, ni siquiera los había clasificado por ningún orden lógico o categoría que ella fuera capaz de entender: tamaños, colores, formas…, estaban desperdigados por el suelo sin un sentido aparente. Sin embargo, cuando alguno de ellos se movía o resbalaba un centímetro de su posición inicial, la criatura de plata volvía a colocarlo en el mismo lugar que le correspondía, guardando la misma distancia con el resto de objetos, tal y como los colocara al principio. Merah empezaba a creer que quizá aquellos seres tenían un patrón constructivo como el que seguían muchos especímenes terrestres como las arañas, las abejas o las golondrinas. Pero después de observar la imagen de la disposición de los objetos y compararla con las del día anterior en la pirámide, empezó a ver las similitudes. La criatura estaba reproduciendo el calendario astronómico de la pirámide.

* * *

Bran sentía como su ser se expandía. Se dilataba en su interior y transcendía su propio cuerpo. Su consciencia se diluía en una red oscura que dividía cada fragmento de su yo en algo cada vez más pequeño hasta el infinito, desapareciendo para formar parte de un ente colectivo, una tiniebla indefinida que se ocultaba en la noche eterna. Entonces ya sólo concebía una cosa, el hambre, aquella cosa oscura tenía un hambre atroz de bestia salvaje que ha pasado años desterrada y está dispuesta a hacer lo que sea por saciarse.

Cuando Sajra entró en la habitación de Bran, lo encontró en un charco de vómito negro, convulsionando. Estaba ardiendo. Con ayuda de Hadeffa, lo subió a la cama y le inyectaron antitérmicos. Lograron que le bajara mínimamente la fiebre y se estabilizara, pero su pulso y respiración eran muy débiles y se apagaban. Sajra sabía que, si no hacían algo rápido, Sunderson no saldría de esta, y como comandante estaba en su mano hacer todo lo posible por salvar la vida de cualquiera de su tripulación. Pero, además, Bran Sunderson era una pieza clave en la misión, y su clon aún no estaba planteado siquiera. Bran era el original y no llevaba implante cibernético. Se contaba con llegar 121 años más tarde al planeta y eso había descuadrado muchos planes. Había un grupo de niños que aún estaban aprendiendo lo necesario para sustituir en un futuro a la tripulación actual y varios clones cuyo proyecto todavía no se había iniciado. Y había otros ingenieros a bordo de la Adresse, pero Sunderson, radio astrónomo e ingeniero jefe de telecomunicaciones, poseía algunos conocimientos y habilidades insustituibles para responder a la señal de llamada por la cual estaban en aquel planeta.

Así que Sajra no lo dudó un momento. No sabía improvisar porque se le daba demasiado bien anticipar y pensar obsesivamente en todo. No lo necesitaba, sólo tenía que seguir alguno de los planes que se le habían ocurrido previamente dándole vueltas a los posibles escenarios futuros a los que se podría enfrentar antes de que llegara el momento. Llamó a Ciro y a Arima y les dio la orden de venir a recoger a Bran en el Answer, el módulo de aterrizaje del teso. Volverían con él a la Adresse y le salvarían la vida conectándolo a las máquinas que hiciera falta. Y si sobrevivir en aquellas condiciones no era posible, lo mantendrían con vida en un coma inducido el tiempo necesario para salvar su cerebro y los datos contenidos en él.

* * *

Cada vez que Plata tocaba el objeto que representaba el eclipse, emitía un chasquido característico. Plata era el nombre que Merah le había puesto a aquel bicho nativo. Ahora parecía animado y con ganas de *hablar*. No dejaba de pasar de un elemento a otro de su representación emitiendo sonidos, así que Merah se puso a trabajar con el analizador para intentar grabar e interpretar algunos de aquellos ruidos. *Yo* (Plata) y *tú* (Merah) fueron los primeros que tradujo por ser los más repetidos. Cuando alguien más entraba a la carpa, independientemente de quien fuera y de su apariencia, Plata chasqueaba sus apéndices produciendo un mismo sonido de sierra fácil de reconocer, que Merah guardó como *otros*, aunque sentía que había cierta connotación hostil. Plata tenía un entendimiento muy limitado y primitivo, pero parecía comprender perfectamente que Merah, a pesar de ser un "otro", era un "otro" amigo que intentaba ayudarle. Sin embargo, fuera de aquella pequeña relación de confianza, que bien podía ser algo parecido al síndrome de

Estocolmo, todos los demás representaban un grado más o menos avanzado de enemistad o peligro en la mente de Plata, y como tal merecían un chasquido diferente. *Otros.* Sonó el analizador traduciendo el chasquido de Plata cuando entró Sajra.

—Estamos esperando a que llegue el módulo para llevarse a Bran. Mientras tanto, va a salir un rover hacia el campamento para que Tarja sustituya a Ciro en la radio del teso. La mitad del equipo se va, imagino que tú prefieres aguantar aquí hasta que nos vayamos todos —le dijo Sajra a Merah.

—Sí, estamos avanzando muy rápido, de hecho, ya hemos definido varios elementos. De todas formas, no estoy segura de que el viaje sea bueno para Plata... *Otros. Oscuridad.* El analizador traducía automáticamente algunos de los chasquidos que iba reconociendo de la retahíla de Plata.

—¿Plata?

—Sí..., así es como lo he llamado, es más fácil para mis apuntes...

—Vale, pero no le cojas demasiado cariño. Vamos a estar aquí hasta que el rover alfa llegue al campamento. Hasta entonces debemos mantener las comunicaciones. Ciro ha dejado la radio del teso enlazada entre el campamento y nosotros. En cuanto Tarja llegue y se haga cargo de ella, nos vamos. Tienes un día más para entenderte con... Plata.

—De acuerdo —dijo Merah—. Sajra, creo que lo ideal sería soltar a Plata antes de irnos...

Plata. Merah. Otros. Oscuridad.

—¿Estás loca? Noa nos mata si no se lo llevamos.

—Ya, pero... No sé por qué, pero estoy convencida de que si lo llevamos con nosotros no sobreviviría al viaje por la Zona de Noche. Le aterra la oscuridad, he podido comprobarlo; cada vez que se cierran las paredes de la carpa, o una nube oculta el sol, se pone muy nervioso.

—Bueno, a Noa seguro que no le importa que llegue… menos vivo. Imagino que para estudiarlo a fondo tendría que… —hizo un gesto con dos dedos atravesando el aire de arriba abajo— bueno, ya sabes.

—Eso no sería muy ético —protestó Merah airada— ni inteligente. Este ser es un valor en sí mismo vivo, ¡puede que sea el último de su especie! Y estoy empezando a entenderlo, quizá pueda darnos alguna pista sobre las señales.

—No sé, Merah. Si quieres luego mantienes una conversación por radio con Noa y os ponéis de acuerdo en qué sería lo mejor, ahora tengo otras prioridades, como que Bran no se nos muera. Tú solo sigue progresando, quizá el fin de esta criatura dependa de tus resultados —dijo Sajra y antes de salir de la carpa se giró de nuevo—. Sea como fuere, mañana levantamos el campamento.

Plata. Oscuridad.

—Toma —dijo, y le tiró algo a las manos a Merah—, quizá con esto se le suelte un poco la lengua, robó media docena del campamento esta madrugada.

Cuando Sajra salió, Merah abrió las manos para descubrir un envoltorio dorado de *Choc´up.*

—¿Chocolate? —dijo Merah sorprendida en voz alta, y Plata comenzó a repetir un sonido suave como el de un soplo o una brisa que inmediatamente fue guardado en el analizador.

Chocolate.

* * *

69

El róver alfa salió con Tarja, Hadeffa y dos soldados. Dos horas después, llegaba el Answer. Arima comprobó el mal estado de Bran y confirmó que había que subirlo urgentemente a la Adresse o moriría. Kim sustituiría a Ciro a los mandos del Answer, ella era la oficial de vuelo, era su responsabilidad. Acoplarse a la órbita de la Adresse a la primera requería cierta experiencia y no podían perder más tiempo. Antes de marcharse, llamó a Sajra y la llevó tras la nave.

—Subo, dejo al enfermo, recojo algunas cosas y bajo de nuevo —con estas últimas palabras cogió a Sajra de la cintura y la atrajo hacia sí—. En menos de veinticuatro horas estoy de vuelta, no vayas a hacer ninguna fiesta de la coliflor sin mí.

—Oficial Téllez —dijo Sajra, zafándose suavemente del abrazo—, hay un hombre muriendo en su nave…

—Tienes razón—dijo Kim, con el gesto grave—, debemos irnos ya. —Y se dio la vuelta para subir al módulo.

—Y vaya con cuidado, que la coliflor da gases —dijo Sajra dándole un azote sonoro en el culo.

Kim se volvió con una sonrisa tan brillante como su piel y la abrazó fuerte, después la besó y desapareció en el interior del Answer.

La nave no tardó en convertirse en un punto en el cielo cada vez más pequeño a medida que se alejaba. En él iba parte de la luz que Sajra había encontrado en su breve existencia, pero también una oscuridad incomprensible. No sabría decir por qué, ni mucho menos se atrevería a decirlo en voz alta, pero el estado de Bran la inquietaba tanto que casi deseaba que no volviera.

VIII. DEJARSE TRAGAR POR LA OSCURIDAD

El rover alfa atravesaba la cara oscura del planeta. Sin darse cuenta, Tarja había reducido la velocidad. A la ida habría jurado que aquel tramo había sido mucho más corto y no había tenido las sensaciones que le producía ahora. El páramo yermo y oscuro era barrido por una persistente brisa helada que silbaba al pasar sobre el vehículo con un canto monótono y afilado. El viento congelaba a su paso algunas zonas de tierra árida sembrando cristales de hielo como una mosca poniendo huevos sobre un cadáver.

A la derecha el cielo aún azuleaba al otro lado del mar, dejando intuir la posición del sol más allá del horizonte, pero, en su mayoría, la cúpula celeste estaba invadida por una noche tan cerrada que las estrellas podían verse desde el rover, incluso a la luz de los faros. Era curioso verlas desde allí, desde aquel planeta en la otra punta del universo. El cielo nocturno era diferente al que estaban acostumbrados a ver desde el sistema solar. Tenían una perspectiva distinta, aunque las estrellas eran las mismas. Había constelaciones, como la de Sagitario, en la cual se encontraban, que eran invisibles desde su posición. Otras permanecían igual y algunas cambiaban de orientación, como en un espejo. Y como al otro lado de un espejo, podían ver en el cielo el sol de su antiguo hogar, emitiendo destellos que habían surgido de aquella bola de fuego años antes de que la Adresse estuviera siquiera preparada. Mirar a las estrellas, es mirar al pasado. Era como asomarse a un estanque donde caen, en las aguas del tiempo, insectos que brillan atrapados en su interior.

Haddefa iba dormida. Era el efecto de la noche en un planeta con un día perpetuo. Los soldados daban algunas muestras de cansancio, pero sujetaban firmemente sus armas, alertas, vigilando la oscuridad. Tarja empezaba a acusar también la falta de sueño de varios días. La monotonía del paisaje y el arrullo del viento no ayudaban. El terreno no tenía muchos accidentes y con no perderse de la costa era suficiente para llegar al otro lado. La oscuridad era opresiva, en algunos puntos parecía ondular, como el aire cerca de un horno.

Tarja dejó que entrara un poco de aire gélido en el vehículo para despejarse mientras trataba de distraerse mirando las estrellas. De pronto le pareció que una porción enorme del firmamento había desaparecido, como si las estrellas se hubieran caído o un velo cubriera el cielo. Parpadeó y miró de nuevo hacia el camino, los faros parecían haber perdido potencia. Apenas podía ver unos pocos metros por delante. Redujo aún más la velocidad, casi hasta detenerse, y encendió también los focos del techo.

Entonces vieron a la bestia. Delante del vehículo se erguía una presencia inmensa de oscuridad pura. Sólo se podía adivinar su contorno por las zonas donde los haces de luz no eran devorados por su opacidad y se escapaban más allá de aquella mole de negrura. Una bestia negra y etérea que se recortaba sobre el cielo y vibraba irradiando hebras de oscuridad. Se alzaba decenas de metros sobre el suelo, un enorme ser de tres patas y una corona de tentáculos, su forma variaba con cada pulsación de la bestia. Entonces, como si fuera consciente de la presencia del rover, se quedó inmóvil, a la escucha. Uno de los soldados sacó a gritos a Tarja de su trance pidiéndole que acelerara, el otro asomó su arma por encima del techo y comenzó a disparar. Haddefa se tiró al suelo en el peor y último despertar de su vida. Las ráfagas atravesaban a la criatura, que se contrajo reduciendo su tamaño y volviéndose, si eso era posible, más oscura y densa. Un segundo después se precipitó a una velocidad terrible sobre el rover. Tarja aceleró a fondo para escapar, pero era tarde. Un viento negro engulló el vehículo y sus ocupantes. Una nube de tinieblas se adentró en sus cuerpos por todos los poros de su piel y cada uno de sus orificios y los devoró de dentro afuera, copándoles como el aire en el interior de un globo hasta que estallaron igual que bolsas hinchadas, y su ser formó parte de la bestia negra.

* * *

Eclipse. Eclipse.
—Vale, vale. Entiendo, esto representa el eclipse.
Merah pensaba que, como las civilizaciones primitivas de la Tierra, Plata y los de su especie otorgaban gran importancia a los fenómenos naturales y astronómicos, pero parecía que se habían estancado en la comunicación. Una vez que Plata pareció comprender que Merah entendía lo que significaban los elementos repartidos por el suelo, se

empeñó en señalar el trozo de piedra que correspondería con la marca del eclipse en el reloj astronómico. Quizá porque se produciría al final de aquel mismo día. Érebo, el planeta vecino que ocultaría la luz del sol, estaba ya situado en el cielo muy cerca de él. Merah entendía que Plata temiera el eclipse, porque el planeta al completo se sumiría en la oscuridad durante dieciocho horas y suponía, además, que esto haría que la temperatura bajara e incluso que podría afectar en cierto modo a la flora y la fauna de aquel mundo.

No sabía si aquel ser estaba intentando comunicarle algo o simplemente había llegado ya al final de su racionalidad y no hacía más que repetir todo el rato lo mismo por el miedo que le producía la oscuridad. Quizá detrás de esa conducta también había una súplica. Merah intuía que podía estar pidiéndole que le dejara libre. Era como cuando los animales de compañía en el sistema solar les pedían a sus dueños salir a pasear o comida. Gracias a un analizador similar al que utilizaba Merah, la comunicación entre los dueños y sus mascotas era bastante eficaz, aunque la mayoría de las especies animales simplemente terminaban asociando un sonido a una acción, de manera que cuando un perro, por ejemplo, emitía el ladrido característico que el analizador interpretaba como comida, al perro se le servía comida reforzando esa conducta. Y una vez establecido el sistema, si el dueño no hacía caso, es probable que el perro insistiera hasta conseguirlo. Eso creía Merah que podía estar ocurriendo con Plata.

Eclipse. Merah. Plata. Otros. Oscuridad.

* * *

Sajra daba vueltas alrededor de la radio cuando llegó Ciro. Hacía doce horas que el rover había salido y no sabían nada de ellos, suponía que debido a que estaban lo suficientemente lejos para que la radio del vehículo no captara su señal, pero en el campamento base tampoco tenían aún noticias.

—Ciro, ¿puedes reparar esto? —Sajra le señaló los restos del dron que estaban encima de una mesa, tal y como los dejaron Tarja y Kim.

—Bueno, puedo intentarlo. Depende de cómo esté de dañada la propulsión y...

—Hazlo. Y si puede volar, ponlo en marcha cuanto antes. Que rastree la ruta que tenía que seguir el rover, a ver si puede localizarlos, quizá han tenido alguna avería.

—Me pongo con ello.

Sajra estaba valorando la posibilidad de recoger todo y salir ya hacia el campamento con el otro vehículo. Pero era poco sensato. No podía dejar aquel puesto y quedar incomunicados durante todo el trayecto, al menos no antes de saber de Kim y Arima, que aún no habían contactado con ella. Suponía que ya habrían llegado a la Adresse, pero hasta que su órbita no la pusiera en línea con el campamento sur, no podían comunicarse. Así que lo más sensato era esperar noticias de ambos. Mientras, si Ciro conseguía reparar el dron, al menos podrían mandarlo a rastrear la zona en busca del rover alfa.

—Tiene una de las baterías fritas, por lo que apenas tendrá unas horas de autonomía, y poca memoria —dijo Ciro intentando enderezar algunas placas abolladas del chasis.

—¿Cuánto tiempo podría estar en el aire?

—Unas seis horas.

—¿Cuánto recorre en ese tiempo?

—Mil doscientos kilómetros, puede que más. Eso en total, claro, hay que contar con la vuelta… Así que podría programarlo para que recorra la distancia que le dé tiempo en tres horas y luego vuelva. Lo malo es que tengo que hacerlo un poco a ciegas, me faltan herramientas y el dron no está en su mejor momento, pero se puede hacer.

—Vale. Algo es algo. Hazlo, echa a volar ese cacharro.

* * *

Después de varias horas repitiendo lo mismo, Merah trató de sacar a Plata del bloqueo enseñándole algunas imágenes y haciendo dibujos representativos de las cosas que les rodeaban para tratar de ampliar su vocabulario. Luego, le dejó un tiempo de descanso en que se quedó en estado vegetativo durante un par de horas, acurrucado en su rincón sin moverse. Merah supuso que aquellos seres también dormían y este debía estar agotado. Pensó que cuando despertara, también tendría hambre y, a falta de algo mejor, abrió la chocolatina y la metió dentro de la urna. Al poco, Plata se enderezó y devoró la barrita en un santiamén. Entonces comenzó a mover los elementos del suelo, como si hubiera tenido un pensamiento revelador y quisiera contarle algo nuevo.

Plata puso en pie dos tizas. *Plata. Merah.* Después dispuso un montón de piedras en torno. *Eclipse. Otros.* Y comenzó a machacar las tizas con las piedras. *Oscuridad,* repetía mientras hacía polvo las tizas con las piedras. Al terminar se quedó acurrucada en medio del caos que había generado.

Merah sentía una lástima inmensa por él. Tenía claro que lo soltaría pasara lo que pasara, aunque tuviera que pelear con Noa o contarle alguna mentira a Sajra. Era un ser vivo y estaba sufriendo. Merah se puso en cuclillas buscando el contacto visual con Plata. De pronto la criatura se incorporó y chocó contra la pared donde Merah le había dejado proyectadas algunas imágenes.

Plata. Merah.

Y chocaba la cola golpeando una de las imágenes de la pared. Merah no tardó en grabar la nueva palabra en el analizador.

Mar. Mar. Mar.

* * *

Después de un interminable día tratando de ponerse en contacto con la Adresse, por fin llegó el dron de vuelta. No habían conseguido contactar con el rover y en el campamento base seguían sin noticias de ellos. Ciro buscaba a toda velocidad en las imágenes intentando no saltar ningún fragmento, si no descubrían nada relevante en un primer vistazo, luego volvería a repasarlas con calma. En la segunda hora de grabación, cuando el dron ya debía de estar cerca de dar la vuelta, lo vieron. El vehículo tenía los cristales reventados y estaba deformado por varios sitios, la carrocería estaba carcomida y ennegrecida como si hubieran tenido un accidente y el rover hubiera quedado calcinado. Los sensores térmicos mostraban que no había nadie con vida en el interior ni en los alrededores. Continuaron buscando en la grabación, pero no había ni rastro de los ocupantes ni más adelante ni en el camino de vuelta. Sajra captó un detalle que la inquietó. La distancia no permitía distinguir muchas cosas, pero el arma reglamentaria del ejército de la Confederación de Planetas era inconfundible, y estaba tirada, blanca sobre el suelo oscuro.

Sajra empezó a ponerse nerviosa, tenía ganas de correr, de hacer algo, sentía la misma impotencia que cuando el agujero negro los había engullido. Igual que en aquel momento, parecía que no podía hacer nada más que dejarse tragar por la oscuridad. Finalmente corrió a buscar a Ramos y Merah, se marcharían inmediatamente y comenzarían la búsqueda de los compañeros perdidos. Al menos debían confirmar si habían sobrevivido y de lo contrario, averiguar el motivo. ¿Había sido un accidente? Pero, entonces, ¿por qué estaba el arma de uno de los soldados fuera del vehículo? Quizá habían sido atacados por algo que aún desconocían. Ramos llegó corriendo.

—No encontramos a la doctora Strönholm, la carpa del ser plateado está vacía y la urna de retención, abierta.

De pronto un ruido ensordecedor hizo que sus miradas se volvieran al cielo. La Adresse atravesaba la atmósfera del planeta con una trayectoria y velocidad que la conducían irremediablemente a estrellarse contra el suelo.

En ese momento el sol comenzó a oscurecerse y al mismo tiempo que todo entraba en las tinieblas, la explosión de la Adresse al tocar tierra les iluminó los rostros congelados en una mueca de incredulidad y terror. No podían hacer nada más que dejarse tragar por la oscuridad.

IX. EL PEOR DÍA DE TRES VIDAS

Ya no era Bran. Apenas había tardado unas horas en adueñarse del copiloto de la nave y parte de la tripulación. Bastaba un ligero contacto y la noche infectaba sus cuerpos, que se convertían en vehículos de su voluntad. El fin era más importante que el hambre, porque la saciaría para siempre. Su objetivo era no tener que volver a dormir el sueño de la muerte por falta de alimento. Bran le había enseñado cómo. A pesar de que sus cálculos habían fallado, la práctica totalidad de la Adresse había caído en tierra firme, en el hemisferio nocturno. Ahora daba igual, con el sol oculto toda la tripulación, viva o muerta, formaría el ansiado sustento de la bestia negra. Pero el imprevisto en la caída le supondría trabajo extra a la colmena. Tendría que darse prisa para arrastrarlo todo a su reino de tinieblas.

* * *

Sajra trató de ponerse en contacto con la Adresse, pero fue imposible. En el campamento tardaron mucho en responder, pero finalmente la voz de Noa se escuchó a través del equipo de radio.

—Aquí la doctora Noa Brahms, ¿qué coño ha pasado, comandante? ¿Por qué hemos visto la Adresse cayendo? ¿Queda alguien con vida?

La voz de Noa se quebró con la última pregunta. Había dejado algunos seres queridos en la nave, entre ellos, su hijo, que se preparaba para ser parte de la tripulación futura.

—Tranquilízate, Noa —respondió Sajra—, tenemos que tener la cabeza fría para hacer todo lo que requiera la situación. En primer lugar, ¿estáis todos bien en el campamento norte? Dame un informe de quiénes y dónde están.

—Sí. —Noa se aclaró la garganta y sorbió por la nariz—. Sí, estamos todos bien. La explosión ha sido lejos. Rolando y Tamira estaban de expedición por aquí cerca y han vuelto al escucharla. Aún están asimilando lo que ha pasado. Mila está preparando el material de asistencia médica con los soldados por si hay que salir a atender a los heridos. ¿Qué hacemos Sajra? ¿Qué coño hacemos ahora? —la voz de Noa volvía a apagarse.

—Vosotros aguantad allí. No os mováis. Estamos recogiendo y salimos inmediatamente para allá. Creo que la Adresse ha caído en un punto entre nuestra posición y la vuestra, aunque más cerca de este campamento. Ve a buscar a Mila, debe salir hacia el teso y hacerse cargo de las comunicaciones, pero antes, pásamela, tengo que explicarle algunas cosas del equipo de radio. Mientras, envía a los dos soldados al sur, a pesar del eclipse aún se ven las llamas y el humo de la nave, nos reuniremos con ellos allí. No te preocupes, la Adresse es muy dura, seguro que hay muchos supervivientes. Quedas a cargo del campamento.

Sajra no le dijo lo del rover accidentado, tampoco habló de la desaparición de Merah, Noa aún estaba decidiendo si debía lidiar con el luto o la esperanza y no podría asimilar más información. En cuanto a Merah, no podían perder más tiempo buscándola. Sajra se temía que en un acceso de condescendencia irresponsable hubiera dejado escapar a la criatura, y esta, lejos de agradecérselo, la hubiese atacado. Sin embargo, no habían escuchado nada ni había en la carpa signos de pelea. No podían hacer mucho más ni entretenerse por más tiempo, así que dejó una nota junto al equipo de radio explicando dónde iban y lo que Merah debía hacer si volvía al campamento sur. La lingüista no era muy sensata, pero sí inteligente. Aunque estaba enfadada con ella, esperaba que estuviera bien, ya estaba habiendo demasiadas bajas.

* * *

La bestia negra puede ver a través de todos ellos. Todos son ella y ella es todos. Solo quiere devorarlos, pero es un ente milenario capaz de sobreponer la previsión de alimento a saciarse en un instante impulsada por su propia hambre, aunque no por mucho tiempo. Siempre ha aprovechado *la noche larga* para abastecerse en el hemisferio invadido por la luz. Unas pocas horas le bastaban para arrasar con la vida del planeta y volver a las tinieblas para yacer en el letargo de la muerte hasta la siguiente noche. Así ha sido siempre, en todos los mundos. Parecía que este se estaba agotando y no quedaba mucho más que devorar. Pero esta vez algo la había despertado antes. La red de conexiones y comunicaciones de estos seres la ha ayudado a entender mejor a su presa. Ahora está preparada para la caza. Solo tiene que esperar un poco más para tejer su trampa en esa *red*.

Sajra, Ramos y Ciro apenas se detuvieron diez minutos junto al rover destrozado de Tarja y los demás. No olía a humo, ni había rastro de fuego. No había a la vista ningún obstáculo que justificara el estado del vehículo, ni marcas de accidente. Era como si se hubiera detenido y después hubiese sido fulminado por un rayo. No encontraron huellas ni resto alguno de sus ocupantes. Cada uno sacó sus propias conclusiones, pero no las compartió con los demás. Estaban demasiado conmocionados para asumir más desdicha. Simplemente continuaron su camino hacia las llamas. Pero Sajra *sintió* que la noche ya había caído también sobre ellos.

La luz de las llamas guiaba el vehículo conducido por Sajra. El fuego ya era visible en el cielo nocturno, detrás de la siguiente estribación se encontraría con la realidad, de nada servían todas las anticipaciones que había hecho, nada la podía preparar para lo que le esperaba.

«Teso a rover beta. Comandante Sajra, aquí Mila, ¿me oyes?».

—Te escuchamos, Mila, me alegro de que ya estés en el teso, ¿sabemos algo nuevo?

—Hola, Sajra, los soldados ya han partido para el sur a pie. En el campamento los ánimos están muy apagados. Noa quiere hablar contigo, parece que Tamira y Rolando están enfermos.

—Joder —murmuró Sajra—. Adelante, ponme con ella.

Unas interferencias acompañaron a la voz distorsionada de la bióloga, que tardó un momento en escucharse con claridad.

—Sajra… Sajra, ¿me escuchas?

—Te escuchamos, Noa, ¿qué ocurre?

—Son Rolando y Tamira… Estuvieron tomando muestras en torno al campamento poco antes del accidente de la Adresse, ahora no se encuentran bien. Pensaba que era por todo lo que ha pasado, pero tienen una fiebre mortal, están pálidos y Rolando acaba de vomitar una papilla negra y ahora está inconsciente. Tamira apenas ha podido ayudarme a subirlo a la cama…

La cabeza de Sajra daba vueltas muy rápido. Este estaba siendo el puto peor día de su corta vida, y si la apuraban, de todas sus predecesoras. No era capaz de hacer frente a tantos males, no podía multiplicarse y le costaba decidir cuál era el lugar donde debía estar. Respiró profundamente y dejó la mirada perdida sobre la extensión de terreno oscuro que tenía delante y cuya penumbra iba siendo desgajada por la luz de los faros. De pronto se superpuso una imagen a aquella, una cueva marina en la oscuridad, una linterna se encendía y buceaba rápido hacia una bolsa de aire, sacaba la cabeza y cogía todo el aire que podía mientras sentía que sus pulmones y su cabeza iban a explotar… Era un recuerdo ajeno, que se colaba en su memoria. Entonces le vino a la mente una pregunta.

—Noa —¿y si todos los males…—, ¿Tamira y Rolando estuvieron en la zona oscura? —*fueran un solo mal?*

—Sí —respondió la bióloga—. Querían tomar muestras y hacer pruebas para comparar las diferencias del terreno, buscar el motivo por el que esa zona parece carecer de cualquier tipo de vida.

—No te acerques a ellos. Por precaución, mantente alejada.

—Pero, Sajra, ya he estado en contacto con ellos, incluso les he tomado muestras para analizar y saber si padecen algún tipo de infección. De momento les he hecho un cultivo de bacterias y ha dado positivo…

—Mierda —susurró Sajra.

—Pero necesito analizarlo con calma. Además —continuó Noa—, no podría dejarlos solos. Rolando habría muerto asfixiado por su propio vómito si no lo hubiera ayudado…

—De acuerdo, pero protégete, por favor. Si esto es una enfermedad, no quiero que tú también caigas.

—Claro, algo entiendo de esto.

A Sajra casi le alivió el tono irónico de la doctora.

—Muy bien. En cuanto tengas resultados o si ocurre cualquier cosa, ponte en contacto conmigo. Nosotros ya casi hemos llegado a la Adresse.

—De acuerdo, voy a seguir trabajando… Por favor, cuando sepas algo de lo que ha ocurrido y si hay alguien…

—Sí, no te preocupes, te mantendré informada.

Sajra se despidió de Noa y Mila y detuvo el rover. Contuvo un momento el aliento y después lo dejó escapar todo de golpe. Desde donde estaban se veía el costado de la Adresse semienterrado en la arena. Uno de los motores estaba ardiendo. Varias planchas de metal estaban desparramadas por el terreno. Sobre las llamas se recortaba la figura de decenas de personas, todas en pie, inmóviles, mirando hacia Sajra, que ajustaba sus lentillas para afinar la vista en la distancia. A la cabeza de todos ellos, cubierto con una manta, estaba Bran Sunderson.

X. LA TRIPULACIÓN

Merah al fin lo había comprendido. Entendía lo que aquella criatura trataba de transmitirle con el pequeño teatro que había representado para ella con tizas y piedras. Plata no tenía miedo del eclipse, ni de la oscuridad, temía lo que venía con ella. Los *otros*, que habitaban en la zona nocturna del planeta. Un depredador que había aniquilado a la especie de Plata y los había empujado al mar. Plata no era el único. Bajo el agua y sobre ella, en balsas fabricadas con plantas y maderas, sobrevivían adaptándose al medio cientos de seres como Plata. El eclipse también ocultaría el sol allí, pero Merah suponía que aquello a lo que temían no se internaba en el mar, de ahí su insistencia en llegar al agua.

Aquella primitiva civilización sobrevivía gracias a una adaptación forzada por la necesidad. Con el tiempo, aquellos seres, que probablemente en sus inicios fueran puramente terrestres, habían ido adquiriendo habilidades para subsistir en el agua. Se alimentaban de plantas y de los otros únicos seres complejos que existían en el planeta, a los que Sajra llamaba bichos alfombra. Estos también vivían dentro y fuera del mar. Ese era el motivo, sospechaba Merah, por el que eran las dos únicas especies supervivientes. El depredador no entraba en el mar. También por ello quizá no habían encontrado más seres vivos ni civilizaciones más avanzadas en tierra. Sea lo que fuera que se escondía en la oscuridad era una plaga voraz que acababa con la vida.

Merah se había internado con Plata varias decenas de metros en un mar cuyo fondo aún le permitía hacer pie sin hundirse. Plata era un excelente nadador, su cola palmeada le permitía avanzar a gran velocidad. La primera intención de Merah había sido dejarlo libre y volver al campamento para contar alguna excusa. Diría que salió y cuando volvió ya no estaba en la urna. Pero parecía que Plata no quería separarse de ella, así que lo acompañó. En el fondo tenía mucha curiosidad por saber más de aquella criatura y su entorno. No tardaron en llegar a una isla artificial formada por multitud de plataformas unidas entre sí con las hebras de algunas plantas. Sobre ellas, pequeñas formaciones de palos y cortezas servían de refugio a criaturas muy similares a Plata.

En cuanto Merah subió a la plataforma, muchas de las criaturas se escondieron en sus refugios o saltaron al agua. Plata no tardó en volver a poner orden con sus chasquidos. *Merah, Plata, Mar.* Sonaba de vez en cuando el analizador reconociendo algunos sonidos. Merah estaba fascinada, parecía que existía una comunicación compleja entre aquellas criaturas. Incluso aprovechó para traducir y memorizar alguno de esos ruidos distintos que emitían. El que más se repetía cuando Plata se acercaba a los suyos Merah lo registró en el analizador como *familia.* Quiso tomar notas, pero se había dejado su libreta y el material holográfico en el campamento. Entonces pensó que aquello que estaba viendo lo cambiaba todo. No diría que Plata había escapado, relataría su hallazgo de la tribu de seres que se habían adaptado al mar huyendo de una amenaza.

Por un momento tuvo dudas de si sus compañeros estarían a salvo en tierra. Estos seres, kerianos, apuntaría en sus notas cuando pudiera, desde luego no parecían agresivos ni tampoco muy adaptados para defenderse, pero su tamaño era más que considerable, e imaginaba que su número también lo había sido en su día. ¿Qué clase de depredador podía haberles obligado a abandonar su colonia en el cabo? Si era capaz de acabar con estos kerianos, quizá también podía ser peligroso para los humanos.

Merah se volvió e hizo amago de saltar al agua con la intención de regresar al campamento para contar todo lo que había descubierto acerca de Plata y la posible amenaza en la oscuridad, pero varias criaturas le cortaron el paso. Sus apéndices bucales no paraban de chocar emitiendo el mismo chasquido constante. *Otros, otros, otros.*

El sol empezaba a ocultarse al paso de Érebo. Entonces una ráfaga cruzó el cielo y, al momento, la Adresse se estrellaba con un estruendo que terminó con la mayoría de las criaturas tirándose al mar espantadas. De pronto todo era noche y Merah no podía pensar en otra cosa que regresar. Se lanzó al agua seguida de Plata.

* * *

Cuando Sajra llegó hasta la Adresse se formó un corro en torno a ella. Los supervivientes de la nave les rodearon en silencio y Bran se acercó a la comandante. Su cara estaba llena de pústulas abiertas, la mandíbula le colgaba desencajada y sus ojos estaban invadidos por completo por una pupila acuosa.

—Joder, Bran, estás… muy mal —dijo Sajra, y después levantó la voz para hablar con los suyos—. ¡Hay que recoger a los heridos y llevarlos al campamento!

Ciro, Ramos y el soldado que les acompañaba salieron de su aturdimiento y comenzaron a reconocer a los supervivientes para separar a los que necesitaran atención médica. Con cuidado, Sajra apartó un poco el manto que cubría la cabeza de Bran. La parte oculta estaba mucho peor, las ampollas palpitaban y supuraban líquido. Al acercarse, Sajra pudo escuchar un borboteo en su respiración seguido de un silbido, como si tuviera encharcados los pulmones. *Olía* a oscuridad.

—¿Qué coño ha pasado, Bran? —dijo con una mezcla de pena y asco—. ¿Te encuentras en condiciones de hablar?

Apenas pudo terminar la frase cuando Bran saltó hacia delante y la tiró al suelo de un empujón. Mientras tanto su mandíbula se desencajaba emitiendo un agudo chillido y un apéndice hinchado y purulento, que en otro momento había sido una lengua, colgaba de su boca. A su llamada respondieron cientos de chillidos en torno y varios supervivientes se abalanzaron sobre el resto del equipo. El soldado que iba con Ramos se resistió y una marabunta de seres extasiados lo redujo tirándolo al suelo, donde la lucha se convirtió en una orgía de chillidos y sangre. A los desgarros de la tela siguieron los de la carne. Después los gritos se ahogaron. Cuando se disolvió el tumulto, sólo quedaban jirones de ropa empapada en sangre sobre una plancha de metal. Ramos, sujeto por la espalda por varios pasajeros de la Adresse, había conseguido liberar una mano y sacaba su arma, pero Ciro le sujetó fuertemente el brazo y consiguió que la bajara mientras contemplaban la escena entre escalofríos.

Sajra sabía que no tenía demasiado tiempo para alucinar. Apoyó los codos un momento sobre las rodillas, bajó la cabeza y aceptó lo que estaba pasando. Bran había contraído algo en la zona oscura y ahora todos estaban contagiados y se habían vuelto locos, quizá por eso la Adresse había perdido el control. ¿Ahora qué debía hacer? ¿Intentar llevárselos por las buenas para tratar de curarlos? No parecían estar en condiciones de razonar. Entonces, ¿debían huir, pelear… qué? Se incorporó lentamente y se puso frente al ser que tenía delante, ese horror en que se había convertido Sunderson parecía influir en cierta manera sobre todos los demás.

—Bran, ¿aún estás ahí? —dijo lo más calmadamente que podía, buscando dónde mirar dentro de aquellas manchas negras de sus ojos—. Estáis jodidos… Mierda, ¿has visto lo que acaba de pasar? Tenemos que buscar la manera de curaros.

Entonces el aire pútrido salió de la boca de Bran silbando como una rueda pinchada.

—Shaaa…jjraaa —siseó Bran. Su cuello se alargó de manera antinatural para acercar aún más la cara a Sajra—. Te esperamos. *Tú sois* la maestra de la colonia. *Tú debéis* traerlos.

Se deshinchaba hablando como un fuelle y tenía que parar cada poco para volver a llenar de aire sus anegados pulmones. La lengua tenía vida propia y, como una serpiente hinchada, se movía hacia los lados cuando dejaba la boca abierta, la punta estaba encallecida y acababa en una espina negra.

—¿Quién crees que eres? Estás delirando, tenemos que ir al campamento —pronunció suavemente Sajra.

Bran giró rápidamente la cabeza a un lado produciendo un ruido desagradable parecido a un crujido y un carraspeo. La ignorancia le disgustaba. Luego volvió a mirarla.

—Ut´naloth... No podéis nombrarnos, no cabemos en tu lengua ni en tu cabeza, somos anteriores a todo. *Tú nos servís.*

—Tengo que... —Sajra no sabía cómo encarar aquello, solo tenía nombres y caras en la cabeza, el soldado que acababa de evaporarse, el hijo de Noa, Kim...— ayudar a los heridos.

Una mano a la que quedaban pocos rasgos reconocibles la aferró del brazo con una fuerza tremenda y la obligó a caminar junto a él en dirección a la nave.

—No quedáis nadie...

Mientras caminaba hacia los restos de la nave, Sajra comprobó que una parte se había desprendido. Debía haber caído al mar, unos kilómetros al sureste. Volvió la mirada hacia Ciro y Ramos, que hizo de nuevo un amago por liberarse, pero Sajra levantó la mano que le quedaba libre para pedirle por señas que se calmara. Mientras caminaba, el cuerpo de Bran crujía, como si estuviera rompiéndose a cada paso, adaptándose a una nueva forma con cada movimiento. Estaba cambiando.

En la base de la nave se había abierto un boquete enorme y dentro aún se veían algunas luces de emergencia encendidas y varios fuegos y chisporroteos atenuados por el humo. De aquel agujero entraban y salían personas con el aspecto enfermizo que había tenido Bran en los primeros días de la infección. Sajra detuvo su mirada en una mujer. No recordaba su nombre, pero la conocía perfectamente porque formaba parte de la tripulación del puente de mando. Tenía la cabeza abierta y le faltaba parte del cráneo, dejando su contenido al descubierto. La mitad de su cuerpo estaba ennegrecido por el incendio, y por su forma de arrastrarse debía de tener la columna rota. Era imposible que estuviera viva. Sin embargo, se arrastraba fuera de la nave como si no sintiera nada.

Caminaron un trecho por las paredes de los pasillos hasta la bodega de carga, el suelo quedaba a su izquierda, pues la Adresse había aterrizado sobre uno de sus costados. La nave gemía con un lamento metálico fruto de las tensiones que sufría debido a su deformación, parecía que en algún momento la estructura podía colapsar y venirse abajo. Se detuvieron ante una de las enormes puertas de las bodegas. Era imposible abrirla sin energía y menos aun manualmente en las condiciones en que se encontraba. Bran golpeó el borde de la puerta de metal con una fuerza sobrehumana, deformándola y abriendo una pequeña brecha. Retiró la manga que le cubría el brazo derecho, su mano estaba hecha papilla. Volvieron a escucharse los crujidos. Bran emitió algunos quejidos y luego rugió desencajando la mandíbula como lo hiciera cuando había empujado a Sajra en el exterior. Su antebrazo comenzó a desgajarse separándose en dos, dividiendo huesos y carne. Lo mismo ocurrió con su antebrazo izquierdo. De cada codo surgían ahora dos extremidades, cuatro en total, que introdujo en la brecha tirando hacia sí. La puerta empezó a ceder rechinando y se abrió despacio hacia un lado retorciéndose, como la tapa de una lata de conservas.

En el interior se encontraba el radio telescopio que había traído Sunderson con el equipo de telecomunicaciones. La voz cada vez menos reconocible de Bran sonó en la penumbra.

—*Tú sois* la maestra de la colonia. *Tú debéis* traerlos.

XI. PARÁSITO

Merah no tardó en alcanzar tierra. Plata la siguió todo el trayecto por el mar revoloteando nervioso a su alrededor. *Oscuridad. Merah. Mar.* Merah sabía que intentaba que se quedara, pero debía regresar para averiguar lo que había pasado e informar de lo que había descubierto. Salió del agua y comenzó a ascender el despeñadero. Cuando llegó arriba miró atrás. Plata seguía allí, al borde del agua, sin atreverse a poner una pata fuera, esperando. Sabía que quizá la estaba humanizando, pero Merah habría jurado que en su mirada había tristeza, además de miedo. No podía detenerse más, esperaba volver a verlo. Hizo un gesto de despedida con la mano, se giró y continuó caminando hacia el campamento. Le costó orientarse en la oscuridad del eclipse, por suerte se había acostumbrado a la luz de las estrellas y distinguió la arboleda cercana al campamento donde habían encontrado a Plata. Cuando llegó no había nadie. Apenas quedaban dos tiendas en pie, la suya y la de comunicaciones, y algunas cosas esparcidas por el suelo. Se habían ido a la carrera sin ella. Sin duda, la urgencia lo merecía. Se puso ropa seca e hizo una mochila apresuradamente con algunas cosas de su tienda, entre ellas sus ojos de gato, unas lentes comunes que funcionaban de manera similar a los ojos de los felinos, para moverse en la oscuridad. Luego fue hasta la otra tienda que quedaba en pie, allí encontró las instrucciones de Sajra junto al equipo de radio. Parecía que no la habían abandonado del todo.

Encendió el equipo y la voz de Mila le confirmó la caída de la Adresse y le comunicó que Sajra había ido a socorrer a los supervivientes. Merah le pidió que le pasara con Noa. Le contó a la bióloga todo lo referente a Plata, también le habló del asentamiento acuático de seres que sobrevivían en el mar huyendo de algo que se encontraba en tierra y que temía que se extendiera con el eclipse. Noa le confirmó que había algo que provenía de la zona oscura, que probablemente fuera lo que había enfermado a Bran, según las sospechas de Sajra, y le contó que Tamira y Rolando también lo habían contraído.

—De momento yo me encuentro bien —le contaba Noa a través de la radio a Merah—. Les he estado haciendo pruebas para saber cómo puedo ayudarlos.

—¿Y sabes algo ya? —preguntó Merah—. ¿Qué hay en la oscuridad, Noa?

—Pues… Después de observar varias muestras y hacer muchas pruebas, puedo decir que no es una bacteria ni un virus. Pero es algo vivo. No es exactamente un hongo… pero se parece mucho en la manera de colonizar a su huésped. Especialmente porque *todo ello* parece formar parte de un conjunto que a su vez es un mismo ser. Es una especie de entidad colmena. Como aquella inmensa colonia de hongos milenaria que se hizo resistente a los plaguicidas y acabó con las secuoyas de la Tierra. Se extendió por varios países, pero en esencia era el mismo ser.

—Vaya. No sé por qué me imaginé algún tipo de depredador más… grande

—Yo no me atrevería a decir que es pequeño, podría ser tan extenso como quisiera mientras tenga donde agarrar.

—¿Y es posible que eso haya aniquilado otras formas de vida en el planeta?

—La verdad es que demuestra un grado y una velocidad de invasión del huésped impresionantes, también un control eficaz de los tejidos que coloniza. En las muestras que tengo se aprecian mutaciones de los tejidos del huésped, pero no se ve una destrucción completa de las células. Depende del estado y el tiempo de infección. Tamira parece mejor, pero Rolando presenta algunas zonas necrosadas. Creo que, si quisiera, suponiendo que este ser tenga algún tipo de voluntad, podría aniquilar a una especie relativamente rápido. Pero supongo que, al igual que otros parásitos, le conviene mantener al huésped vivo el tiempo necesario para poder colonizar a otros mientras se alimenta de él.

—Qué horror… Plata y los otros kerianos no se atreven a volver a tierra, le tienen un miedo atroz a la oscuridad. Creo que huyeron al mar porque no puede alcanzarlos allí. ¿Crees que puede entrar en el mar?

—No estoy segura de eso. En la Tierra existen multitud de hongos que invaden especies marinas y no tienen problemas con el medio. Lo de la zona oscura se explicaría por una particularidad que he encontrado en las muestras de este ser simbiótico. No soporta la luz ni las altas temperaturas. Se deshidrata rápido convirtiéndose en polvo negro. Tal vez el cloruro de sodio presente en el mar tenga un efecto parecido.

—¿Cómo puede saber eso un ser como Plata? —dijo Merah más para sí que para la bióloga.

—Bueno, quizá no lo sepa. Simplemente les ha funcionado, parece ser, y... —Noa se acariciaba el puente de la nariz mientras sembraba una idea en su cabeza— puede que esa observación nos dé una clave.

—¿Podrás hacer algo por Tamira y Rolando? —le preguntó Merah sacándola de su ensimismamiento.

—No lo sé, si Arima estuviera aquí...

—Oye, Noa, ¿tú sabes algo más de lo que ha pasado con la Adresse?

Al otro lado del aparato se escuchó un suspiro quejumbroso.

—No —respondió Noa en un susurro—. Mila aún no ha logrado contactar con el rover de Sajra.

Estuvieron un rato en silencio y después se despidieron. Ambas habían agradecido la compañía de la voz de la otra, pero debían continuar.

Merah salió de la tienda y dio una vuelta en torno al espacio que había ocupado el campamento. No sabía qué más podía hacer, estaba a días andando del campamento norte, y suponía que un poco más cerca de donde se hallase Sajra, pero no estaba segura de querer ir hacia allí, y lo más probable es que cuando llegase, también se hubieran marchado. Lo más sensato era permanecer junto a la radio. Tarde o temprano alguien iría a buscarla.

Un movimiento en la arboleda la puso en guardia. Frunció los ojos tratando de adivinar algo en la oscuridad entre los inmensos troncos. El siseo de los árboles peludos delató una presencia en el bosque. Merah se agachó hasta pegarse al suelo. Empezaba a pensar que pisar tierra había sido una temeridad, ahora que *aquello* se podía mover con libertad por toda la isla al amparo del eclipse. Pensó en salir corriendo hacia el agua, pero tenía una larga carrera hasta la costa y no sabía cómo de rápido era aquello a lo que temía. Recordó sus ojos de gato, quizá podría distinguir algo con ellos. Buscó en su mochila, las manos le sudaban, a tientas tocó la funda y la abrió. Se estaba encajando el visor cuando escuchó un ruido junto a ella. Lo tenía encima.

XII. LA MONTAÑA NEGRA

Los supervivientes de la Adresse ya no eran lo que habían sido. Igual que Bran, estaban alienados y en un horrible proceso de transformación. Algunos simplemente tenían mala cara o un aspecto enfermizo. Sin embargo, muchos otros no deberían estar caminando siquiera, estaban destrozados físicamente debido al accidente o las malformaciones producidas por la oscura enfermedad que sufrían. Sajra reconoció a muchos de ellos, pero también echaba en falta a gran parte de los pasajeros. Suponía que se habrían pulverizado tras el choque o sucumbido ante las llamas. No quería darle muchas vueltas, pero prefería pensar que Kim había sufrido aquel destino antes que acabar como aquellos pobres supervivientes. Ella no se rendía y trataba de llamarlos por sus nombres y pedirles que fueran al campamento, que con la ayuda de la doctora Noa encontrarían una solución. Pero lo más que recibía a cambio eran agudos chillidos de aquellas rabiosas bocas negras.

Una a una fueron cargando todas las partes del radio telescopio en el vehículo. También obligaron a Ramos y a Ciro a llevar los pesados paquetes del aparato. Ramos no se dejó doblegar fácilmente, daba voces insultando a los supervivientes, e incluso propinó un puñetazo a uno de ellos. Otro aprovechó la confusión para abalanzarse sobre él, pero Bran, que se encontraba a varios metros, dio un salto más propio de un animal salvaje que de un ser humano y aterrizó en medio para detener la pelea. De un empujón le quitó de encima al superviviente desbocado, que llevaba consigo una tira de piel del antebrazo del capitán Ramos. Bran retuvo al tripulante contra el suelo, sus mandíbulas crujían y se desencajaban y, en un momento, su lengua salió disparada hacia el pecho de este como un proyectil, abriendo un boquete. Después introdujo las extremidades de sus brazos para partirlo en dos y lo arrojó hacia el resto de ellos, que lo devoraron en un instante.

Los supervivientes actuaban como un grupo coordinado, sin comunicación aparente entre ellos, se movían sin molestarse, compenetrados como una colmena. Pero a veces surgía algún gesto de individualidad, provocado por un huésped con mayor carácter, que era pagado muy caro. Aquello en lo que Bran se estaba convirtiendo ya había aniquilado a tres supervivientes rebeldes. Después de devorarlos casi enteros, los asimilaba y su cuerpo crecía, se sumaban extremidades descarnadas a su tronco, ganaba altura y se encorvaba. Poco quedaba del ingeniero de telecomunicaciones en aquella mole alargada que caminaba ya a seis patas.

Cuando la turba de engendros se disipó de nuevo para continuar con sus tareas, Ut'naloth, aquello en que se había convertido Bran, se acercó a Ares lentamente. Ramos no se achantó y le plantó cara, el capitán del ejército de la Confederación de Planetas había peleado en mil batallas, no iba a dejarse matar sin presentar resistencia. Ut´naloth extendió dos brazos y los juntó, en su extremo, sus garras comenzaron a entrelazarse en un guante de carne que simulaba una mano. Le estaba tendiendo la mano a Ramos, que no dejaba de mirar alucinado aquel esperpento que se alzaba ante él y que por momentos semejaba una mantis inmensa y grotesca hecha de piezas humanas. El tacto frío en su antebrazo lo pilló por sorpresa y se apartó rápidamente, zafándose de aquella mano muerta. Ut´naloth se giró con la parsimonia de un gran reptil y continuó su camino hacia la nave. Ramos se miró el antebrazo, la herida abierta donde le mordiera el superviviente se estaba cerrando. Allí, una mancha negra con forma de mano hormigueaba adentrándose en su piel, su carne, en su torrente sanguíneo, hueso y tuétano. La subversión era un peligroso rasgo de individualidad que no estaba permitido en la colmena. Estuvo un rato mirando aquella huella oscura en su brazo, no crecía, no avanzaba ni un milímetro. Ares Ramos no estaba seguro de si había tenido suerte o todo lo contrario, pero no dudaba de que aquello era una advertencia y ahora estaba tan controlado como todos los demás. El mensaje era claro: más le valía seguir las normas.

El rover partió hacia el oeste con una caravana de supervivientes oscuros caminando tras él. Sajra no sabía hacia dónde conducía, seguía las indicaciones de una mujer sentada a su derecha con el brazo levantado, apuntando siniestramente con un dedo hacia la oscuridad sin decir palabra. Su cara era pálida y estaba surcada por cientos de ramificaciones negras que confluían en unos ojos que eran dos globos de obsidiana brillantes. No tardaron mucho en llegar al pie de un monte, poco mayor que el teso donde el Answer aterrizara, aunque la base era más ancha y la subida algo más pronunciada, por lo que tuvieron que continuar rodeando el cono en espiral hasta llegar a la cima. Una vez encumbrada, la copiloto muda dejó caer al fin el brazo y, cuando Sajra detuvo el vehículo, bajó de él.

Sajra se bajó del rover y echó un vistazo al paisaje. Desde allí apenas podía intuirse la zona diurna del planeta. El fuego de la Adresse era una débil luz en el horizonte. Todo alrededor era un erial de tierra oscura y piedras, no veía casi nada si no fuera por sus lentillas. Imaginaba que el sol seguía oculto por Érebo más allá del horizonte. Cuando se giró, descubrió que la montaña era un cráter. Caminó hacia el borde. Columnas de piedra con formas geométricas emergían como lanzas del fondo de aquel agujero que no parecía profundo. Debían de haberse formado del material fundido eyectado tras estrellarse un meteorito y enfriarse rápidamente. Aunque la perfección de sus formas y la orientación común de las columnas habrían hecho titubear las razones más templadas.

La mujer del rostro surcado de relámpagos negros comenzó a descargar los pesados paquetes del radio telescopio sin demasiado esfuerzo. Sajra mientras se tumbó sobre el techo del rover mirando las estrellas, cerró los ojos y comenzó a anticipar sus posibilidades. Dejó que todas las partes que la conformaban dialogasen entre sí y trazasen las posibles trayectorias y finales de aquel viaje que había comenzado muchos años y varias vidas atrás.

Abajo, una hilera de sombras arrastraba los pies en silencio guiados por una bestia de carne y oscuridad. Un ejército de tinieblas comenzaba a ascender la montaña negra.

En ese momento la estática de la radio del rover comenzó a modular, parecía intuirse la voz de Mila detrás de aquel ruido. Entonces, la mujer de ojos negros se abrió paso hasta el interior del vehículo y de un puñetazo redujo la radio a un amasijo inservible. Sajra, que no hizo amago de moverse, tachó de su mente ese recurso y siguió hilando senderos en el laberinto de su cabeza.

XIII. VENTAJA EVOLUTIVA

Noa alcanzó a cerrar la puerta del box justo cuando una nube negra se estrellaba contra el cristal. Rolando había intentado atacarla. Tenía morfina suficiente en el cuerpo como para pararle el corazón a un elefante, sin embargo, su agresividad no había dejado de aumentar. Sus ojos se habían teñido de negro y ya no respondía. Creía que lo había perdido. Tamira estaba inconsciente en la cama de al lado. Algunas venas en sus piernas se habían oscurecido preocupantemente, pero hasta un momento antes conservaba la consciencia. Tenía miedo de dejarla encerrada con Rolando, pero no tenía más opciones. Además, él parecía no tener ningún interés en Tamira. En cambio, su obsesión por Noa era patente.

La doctora se apartó del cristal cuando Rolando descargó el primer golpe. El box del laboratorio estaba aislado del resto del campamento para evitar males mayores en caso de accidente. El cristal de densidad variable estaba preparado para soportar explosiones moderadas. Aun así, prefirió alejarse un poco de su vista. Las pupilas de Rolando parecían asomarse hasta lo más profundo de su alma. En un intento de calmarlo, apagó la luz del interior del laboratorio.

El sol seguía oculto en el este tras Érebo, mucho mayor que la enana roja desde la superficie de aquel planeta. La noche era completa, perfecta, no había un resquicio de luz más allá que la que vertían las otras estrellas. El viento se había levantado y la doctora tuvo frío de pronto. Un siseo en los árboles lejanos le produjo un escalofrío. Se dirigió a su habitación, donde había trasladado gran parte de su material. Antes de entrar, tiró en una papelera mascarilla, guantes y bata y se dio una ducha con una solución de agua salada. Tenía que seguir trabajando en algo que pudiera salvarlos. Pero las muestras se habían vuelto muy inestables y manipularlas era peligroso. Como si algo se hubiera despertado en su interior, aquella cosa negra se había activado y salía volando a la mínima, tratando de colonizar todo ser vivo que encontrara en su camino.

Introdujo el tubo con la sangre de Rolando en una urna y la cerró. Metió las manos en los guantes integrados en la pared de la urna y destapó con cuidado el recipiente. Lentamente un plasma denso y oscuro, casi negro, se derramaba sobre el cristal. La sangre ennegrecida y espesa salía despacio del tubo, como la miel, sin que ninguna pendiente o fuerza externa la empujara. Una vez fuera, el simbionte comenzó a separarse del plasma y en un instante saltó hacia la cara de la doctora, que dio un respingo cuando la nube negra chocó contra la pared acristalada. Ahora que el organismo oscuro se había separado, la sangre del tubo estaba limpia. Con cuidado, alargó la mano y cogió un pequeño espray situado en el interior de la urna. Con él roció al simbionte, que comenzó a retorcerse chocando contra todas las superficies. Noa volvió a rociarlo con el líquido. El parásito arremetió contra la pared de la urna, que se tambaleó sobre la mesa. Roció un par de veces más al simbionte con la solución y apenas le dio tiempo a sacar las manos cuando este se impulsó de nuevo contra el cristal, como un enjambre de abejas rabiosas. La urna perdió su apoyo en la mesa y cayó al suelo, originándose una grieta. El simbionte se iba debilitando, sus movimientos eran más lentos, pero con tiento fue buscando la milimétrica ranura en la pared de cristal. Noa introdujo de nuevo las manos en los guantes y recogió el spray, desacopló la pistola y vació todo su contenido sobre el parásito, que se estaba colando ya por la fisura. Poco a poco y como si fuera una mancha de pintura a la que se le aplica disolvente, la sombra negra fue resbalando hasta el fondo de la urna, donde finalmente yació inerte.

La doctora sacó las manos, se levantó del suelo y se sentó en la cama para tomar unas notas de voz.

—La reacción está clara, pero es demasiado lenta. ¿Qué efectos tendría sobre un huésped infectado? ¿Mata sólo al parásito o supone la muerte también del huésped? ¿Será válido para algo más grande? Me faltan medios para averiguarlo, no puedo hacer que Tamira y Rolando me sigan hasta…

Unos pasos en el exterior le subieron el corazón a la boca. ¿Habría conseguido escapar Rolando? Se giró rápidamente a tiempo de ver una silueta en la puerta. El pelo rojo recogido en una trenza deshilachada le devolvió la respiración a la vez que la dejó boquiabierta.

—Merah, ¿cómo es posible que estés aquí?

La doctora se acercó a ella y la tocó para asegurarse de que no estuviese alucinando. Le revisó los ojos en busca de manchas, pero entonces Merah abrazó a Noa y ambas lloraron.

—Ven —dijo Merah secándose los ojos—, tienes que salir aquí.

En el exterior los pocos focos aún intactos del Answer iluminaban la zona. Un grupo de media docena de personas se movía por el campamento recogiendo cosas, entrando y saliendo de las tiendas. Noa había estado tan ensimismada en sus quehaceres que no había escuchado nada de lo que pasaba ahí afuera. Suerte que eran amigos y no enemigos, pensó. De pronto se sintió muy cansada y se sentó en el suelo. Arima se acercó con un poco de agua, se la puso en las manos y le besó la frente.

—Yo te lo explico.

La voz vino de un poco más atrás. Entre la luz del Answer se recortaba una figura robusta y chata, su calva tenía un brillo multicolor inconfundible. Kim se agachó y puso las manos sobre los hombros de Noa.

—En cuanto subimos a Bran a la Adresse —comenzó diciendo Kim—, un equipo de médicos lo conectó para mantener su cerebro en buen estado y se lo llevaron para tratar de devolverlo a la vida.

—Estaba muerto —confirmó Arima—. Murió antes de llegar, yo misma lo comprobé.

—Arima y yo —continuó Kim— fuimos a las bodegas con otros cuatro ayudantes y comenzamos a cargar víveres en el Answer. Ya conoces al primer voluntario deseoso de echar una mano en cualquier cosa…

Un muchacho joven, rubio, con media cabeza rapada de unos dieciséis años se acercó a la doctora.

—Kírion… —la voz de Noa se quebró mientras su hijo la abrazaba.

—Estábamos a punto de desembarcar en dirección a Ker —continuó Kim tras un momento— cuando saltaron todas las alarmas. Algo iba muy mal. Muchos en el muelle de carga utilizaron los asientos y cabinas de seguridad del propio muelle. Por suerte, a nosotros nos quedaban más cerca los asientos del Answer. Tardé un tiempo en terminar de creer que estábamos atravesando la atmósfera en caída libre y cuando quise ponerlo en marcha, apenas pude levantar el vuelo y dimos de morros en el mar. Gracias a que no hay mucha profundidad cerca de la costa, si no quizá tampoco estaríamos aquí. Mientras Kírion me echaba una mano para reparar algunos desperfectos en el módulo, Arima y los otros se acercaron al campamento sur, no muy lejos de donde nos habíamos estrellado.

—Menos mal —dijo Merah— que tengo el corazón a prueba de bombas. En ese momento me pillaron sola en el campamento, al poco de hablar contigo.

—Pasamos por los restos de la Adresse. Encontramos a dos soldados del campamento, nadie más —dijo Kim—, ni siquiera los cuerpos... Es como si todos se hubieran evaporado.

—Puede que Sajra esté de camino con los supervivientes hacia aquí —dijo Noa sin mucha convicción mientras sujetaba con fuerza la mano de Kirion—. ¿Y Plata? —preguntó a Merah.

—Está en la costa. No quiso subir al Answer, pero nos ha seguido por mar. Es un ser excepcional y más inteligente de lo que pensaba en un primer momento.

—Estupendo, ¿crees que podré hacer unas pruebas? Creo que el hecho de que los seres que has conocido se hayan trasladado a vivir al mar no es una casualidad, sino una ventaja evolutiva.

Merah miró a Kim.

—Puedo acercaros a la costa —confirmó Kim.

—¿Y a ellos? —Noa señaló el box del laboratorio.

Kim torció la cabeza un momento mirando fijamente en aquella dirección, como calculando. Después se enderezó, se encogió de hombros y asintió.

XIV. UNA PILA

Tardaron un rato en hacer las maniobras necesarias para enganchar el box del laboratorio. Había sido traído al planeta en un kit de ensamblaje de menor volumen. Por suerte los soportes para cargarlo se encontraban en el techo. Acertar en un asidero tan pequeño con la pinza de carga del Answer en pleno vuelo era complicado, pero Kim tenía mucha experiencia en su manejo, gracias en parte a Sajra, quien, aunque nunca lo reconocería delante de ella, era todavía mejor piloto que Kim.

Ya en la costa, con el Answer estabilizado en el aire como un ave de presa inmóvil, Kim posó suavemente el laboratorio con el brazo mecánico unos metros dentro del mar, tal y como le había pedido Noa, aunque no entendiera el motivo. El agua llegaba hasta una altura de medio metro sobre las paredes exteriores del box, que flotaba ligeramente.

Un brillo plateado no tardó en tintinear aquí y allá en la superficie oscura del mar. Después de que el Answer aterrizase y todo quedase tranquilo, se dejó ver un poco más cerca. Merah estaba subida en el techo del laboratorio, como le había pedido Noa, y la doctora se apoyaba sobre un saliente del box, cerca de la puerta, y sin tocar el agua. Merah llamó a Plata, que aún tardó varios minutos en coger confianza y acercarse. No dejaba de hablar tratando de explicarle a la criatura que no debía de tener miedo, confiando en que el analizador, que aún llevaba la lingüista al pecho, fuese capaz de traducir suficientes palabras al lenguaje del ser como para que este entendiera lo que iba a pasar.

Cuando Plata estaba a un par de metros escasos del laboratorio con la mirada puesta en Merah, Noa pulsó el botón de apertura de la puerta, que se hizo a un lado dejando que el agua inundara rápidamente el interior, y el box cabeceó, hundiéndose unos centímetros más hasta tocar el fondo del mar. Un chillido surgió de dentro y, como una bestia en medio de un incendio, Rolando salió disparado al exterior dando saltos y moviéndose fuera de sí. Plata se erizó de pronto. Todas las placas que componían la piel de su abdomen parecieron encresparse batiéndose como una ola en la superficie del mar, levantando destellos plateados. Entonces surgió una luz cegadora que liberó una chispa y prendió el agua a su alrededor. Rolando cayó fulminado. Plata entonces se sumergió de un salto y huyó nadando lejos. Merah trató de llamarlo en vano, pero su brillo se extinguió de nuevo entre la oscuridad de las aguas.

—Está muerto —dijo Noa sujetando a Rolando—. Su cuerpo había colapsado y el simbionte lo mantenía con vida; una vez extirpado el parásito, ya solo queda el cadáver.

Del interior del laboratorio salieron unos quejidos y a continuación unas toses. Tamira estaba vomitando.

* * *

De vuelta al campamento, Arima examinaba en una cama del barracón médico a Tamira, que parecía muy cansada, pero fuera ya de peligro.

—La infección dañó tu sistema nervioso y has perdido la movilidad en las piernas. Si logramos recuperar parte del material médico de la Adresse quizá podamos hacer algo. De momento ya es increíble que estés viva.

Tamira la miraba como desde otra parte, tratando de descifrar las palabras de la médica. Arima le acarició la cabeza y la instó a tumbarse y dormir un poco.

Afuera, Noa trataba de explicar lo que había pasado en el mar.

—Plata y su especie han desarrollado un mecanismo de defensa eléctrico que les ayuda a protegerse de los peligros. No parece voluntario, es algo que surge en el momento preciso en que sienten una amenaza cerca.

—¿Tú sabías algo de esto? —le preguntó Merah.

—Podía intuirlo. En las pruebas que me dio tiempo a hacer, seguí las pistas que me diste acerca de esta nueva especie que se escondía del depredador en el mar. Entonces comprobé que, efectivamente, el sodio presente en el agua del mar deshidrataba al simbionte y lo debilitaba, aunque tardaba demasiado en neutralizarlo y prácticamente había que bañarlo en la solución para detenerlo. Así que supuse que lo mejor sería observar a la naturaleza, y no me equivocaba.

111

—No lo entiendo, ¿qué ha hecho Plata para eliminarlo?

—Ahí voy. Lo más impresionante es que esta defensa eléctrica funciona contra el simbionte en combinación con el agua salada. Tengo la química un poco olvidada, pero diría que Plata ha actuado como una pila y ha convertido el agua de mar de su alrededor, mediante electrolisis, en hipoclorito de sodio, un compuesto altamente oxidante que sirve para desinfectar. Es una defensa desarrollada para ahuyentar enemigos, una ventaja evolutiva que ha permitido a su especie sobrevivir al simbionte.

—Vaya, viéndoles, no pensé que pudieran hacer nada parecido... Me alegro de que no me consideraran una amenaza. ¿Y Rolando y Tamira? ¿Sabías lo que iba a pasar con ellos?

—Eso era lo que no podía predecir. Imaginaba que los kerianos como Plata habían sobrevivido gracias a alguna ventaja que habían obtenido del mar. Sabía que exponiendo al simbionte al agua de mar terminaba deshidratado, y podía imaginar que la defensa que yo intuía en los kerianos actuaría también en ese sentido. Lo que no podía saber al cien por cien era qué pasaría con los infectados. Ahora sabemos que su supervivencia depende del grado de infección y corrupción en los cuerpos por parte del parásito. En el caso de Rolando, ya no quedaba más que un cadáver movido por el simbionte. Sin embargo, el proceso de colonización en Tamira aún no había sido completo y, por tanto, el daño que dejó el simbionte también es parcial.

—¿Qué habría pasado si te hubieras equivocado, si Plata no hubiera tenido ningún tipo de defensa?

—Que nos habría expuesto a ser infectados por el parásito. Pero no habría conseguido sobrevivir para salir del mar, por eso le pedí a Kim que nos dejara varios metros en el interior. No tenía escapatoria rodeado de agua salada.

—Todo eso está muy bien, pero ¿qué hacemos ahora? —interrumpió Kim, que ya estaba un poco nerviosa de tanto experimento y tanta teoría. Lo único que quería era ir a buscar a Sajra, pero antes tenían que saber a dónde. Mila no se apartaba un momento de la radio tratando de localizarla.

—Utilizar una pila muy grande —respondió distraída Noa tocándose el puente de la nariz.

XV. LA RESPUESTA

Era impresionante ver trabajar a todos aquellos infectados en un mismo propósito. Como un único ser con sus miembros desperdigados, trabajaban al unísono para levantar la estación de radio telescopio a una velocidad increíble. Sajra imaginaba que, de algún modo silencioso, la bestia en que se había convertido Bran dirigía a todos los demás como un director de orquesta. De alguna manera Sunderson seguía estando allí dentro o, al menos, su conocimiento o partes de este, pues el montaje de aquel aparataje, que ya venía preensamblado en módulos, estaba siendo impecable.

Lo que no llegaba a entender del todo (aunque tenía una sombría intuición sobre ello) era para qué lo hacían y para qué la querían a ella aún sana. No tardaría en averiguarlo, pues la estación estaba casi preparada. Ciro y Ares ayudaron a poner en marcha el generador de energía, del que los supervivientes parecían tener menos conocimiento.

Cuando al fin terminaron de ensamblar todos los módulos y la energía fluyó por ellos, dando vida a las antenas y pantallas de aquella tecnología de otro tiempo y otro lugar, Ut´naloth hizo llamar a Sajra a través de otro superviviente. Con una voz que no era suya, un joven de ojos completamente negros pidió a la «maestra de los humanos» acompañarle a «iniciar la red que los traería».

Sajra llegó hasta el tablero de mandos donde la esperaba la inmensa criatura en que se había convertido Bran. Ahora entendía por qué necesitaba un intérprete. Ya no quedaba rasgo humano en aquella mole de carne sanguinolenta. Su cuerpo alargado se sostenía sobre seis patas, que no lograban levantar lo suficiente el abdomen, arrastrado por el suelo. El torso se elevaba en un ángulo casi recto varios metros por encima y de sus costados asomaban otras cuatro extremidades que terminaban en unas garras óseas. El cuello se alargaba y contraía en un movimiento de anémona y estaba rematado por el rostro descarnado de Bran, que se abría por la mitad en una franja vertical de la frente a la barbilla, como dos mitades con forma de calavera humana que, cuando se separaban, dejaban ver el punzón negro de su lengua y la oscuridad insondable de su garganta.

—*Tú conocéis* el fin para el que os traemos, maestra de humanos —dijo el muchacho de los ojos negros con una voz ronca muy forzada.

—No sé cómo se utiliza esto ni para qué me queréis… —empezó diciendo Sajra, que no sabía hacia quién o qué dirigirse cuando hablaba.

El joven de ojos negros pulsó algunos botones del tablero mientras mantenía la mirada fija en Sajra.

—*Tú debéis* traerlos. Hemos leído en los humanos que *tú sois* la maestra. La red está trazada, la maestra debe llamar a los humanos.

En la pantalla aparecían varias coordenadas de destino hacia donde debían dirigirse las ondas de radio que partirían de la estación. El transmisor estaba configurado para emitir por defecto a casa, al sistema solar. Era otro de los cometidos de la tripulación de la *Adresse*, ponerse en contacto con la Confederación de Planetas para comunicar su situación y los objetivos alcanzados, aunque llegara cientos de años más tarde.

—Sabemos que el ingeniero os mostró el camino para utilizar la red. *La maestra debéis* traer a los humanos.

Sajra se agarró un momento al panel de control del radio telescopio intentando asimilar todo aquello, se sentía mareada. Aquel ser creía que ella era una clase de líder de todos los de su especie y le estaba ordenando que pidiera a través de la radio que la humanidad acudiera hasta allí. El simbionte quería pedir comida a domicilio. Casi le habría hecho gracia si no fuera por lo desesperado de su situación.

El chico de los ojos negros pulsó las coordenadas de la base de comunicaciones de la Confederación en el sistema solar y las antenas giraron a la vez buscando la posición exacta en una coreografía maquinal. Después pulsó el botón de emisión y se quedó esperando a que Sajra se acercara. Ella lo miró sorprendida de que aquel ser *pensase* siquiera por un momento que estuviese dispuesta a enviar un mensaje a su hogar para traerlos a una trampa. Sabía que estaba cavando su propia tumba, pero se negaba a colaborar. Entonces la voz gutural del muchacho le recordó lo que ya sabía.

—Si lo prefieres, podemos hacerlo juntos.

La bestia encarnada estiró su cuello hasta quedarse a unos centímetros de la comandante. A la calavera de Sunderson apenas le quedaban unos jirones de piel. Acompañado de un crujido de leña ardiendo, una grieta vertical partía el hueso separándolo lentamente en dos mitades. Del interior de aquel pozo emergía un fuerte olor a cadáver en descomposición. El punzón negro subía por la garganta arrastrando los vapores de la carne putrefacta con un sonido húmedo, hasta asomar por el filo de la calavera partida de Bran y sacudirse amenazante frente a los ojos de Sajra, que se acercó despacio hacia el micrófono y comenzó a hablar.

—Aquí Sajra Estrela, comandante de la Adresse, nave enviada por la Confederación de Planetas en el año 3075 del calendario fundacional, en respuesta a la llamada recibida desde el planeta Ker, tercero del sistema Fos, en el extremo de Sagitario. Destino alcanzado.

El inmenso aguijón negro se recogió de nuevo ocultándose detrás de la máscara cadavérica. El cuello volvía a plegarse sobre sí mismo como un tubo orgánico. Ut´naloth se giró lentamente y comenzó a caminar arrastrando su abdomen por la tierra negra en dirección al cráter.

—Aviso —continuó Sajra—, no traten de alcanzar el punto de emisión de esta señal, repito, no traten de localizar el origen de esta llamada, una virulenta infección provocada por un organismo desconocido se ha hecho con la tripulación y solo nos queda esperar la muerte…

La bestia llegó en pocas zancadas de sus largas patas y asestó un golpe a la comandante con uno de sus brazos, enviándola a varios metros de distancia. Sajra intentó aguantar despierta, pero la consciencia se le apagó sin permiso.

Cuando volvió en sí, seguía tirada en el suelo, en la misma postura. Consultó su reloj, habían pasado casi tres horas. Se limpió la sangre reseca del labio, se incorporó y revisó su cuerpo en busca de marcas. Aparte de las heridas de la cara por el golpe y los rasguños al dar contra el suelo, no tenía manchas negras ni se sentía distinta o enferma. Corrió hacia el panel del transmisor, que aún seguía emitiendo, y cortó la transmisión. De pronto se le solaparon varios recuerdos de sus otras vidas y se sintió mareada. Aquella señal de tres horas de emisión, su longitud de onda, sus características...

Un ruido desvió su atención. En fila, como los pobres en la cola del comedor social, se encontraba toda la tripulación de la Adresse, caminando mansamente hacia el cráter, solo que la comida eran ellos. Allí les esperaba la mole en que se había convertido la bestia negra, tres veces más grande desde la última vez que Sajra la había tenido frente a ella. Apenas se distinguía algo reconocible en el enorme amasijo de carnes y huesos que se revolvía entre los pilares de basalto en la tierra negra del cráter. La masa carnosa iba tomando diferentes formas mientras se abrían bocas por toda su superficie. Cavernas espinadas de huesos partían los costados de la bestia y se tragaban enteros a los miembros de la Adresse, que eran devorados con una sinfonía de ruidos de pesadilla. Con cada convulsión de la bestia, una nube negra escapaba de la amalgama de cuerpos que la componían para volver a entrar en ella en un baile caníbal, con un ritmo constante, casi como la pulsación de una estrella de neutrones, como un enorme corazón podrido.

Cuando se percataron de la presencia de Sajra, varios infectados se giraron hacia ella y hablaron al unísono.

—Ya no importa *vuestro* mensaje. La llamada ha sido realizada.

Sajra se sujetó fuertemente las sienes, tratando de poner orden en las voces que escuchaba en su cabeza, ¿acaso no estaría ella también infectada? No, todas estas voces en su interior eran la suya, las suyas, las de todas aquellas que había sido. Se obligó a reducir la velocidad de su pensamiento y rescatar de la nebulosa de recuerdos, coros y sensaciones, aquellas ideas que más pesaban, y, como arrastradas por un viento estelar, caían de la maraña distorsionada que era su mente en aquel momento, iluminándola y ayudándola a seguir un camino lógico en aquel laberinto mental. «Parte de la radiación que acaba de emitirse —se decía— debe colarse forzosamente por la puerta de entrada a este mundo, la misma que atravesamos para venir a él: el agujero negro. Aunque el umbral y el camino que recorra el mensaje sea el mismo, el *cuándo* puede ser distinto».

Sajra conocía perfectamente esa señal que acababa de emitir, *esa llamada*. Porque la había estudiado muchas veces, su yo de pocos años de vida, durante el viaje, pero también sus antecesoras antes de entrar en la Adresse. Su mente racional no le quería permitir aquel razonamiento, pero *sentía* que era así a través de su *intuición anormal*, aquel cable suelto que Kim decía entre risas que tenía en el cerebro. Las voces y los corazones de todas las Sajras lo sabían: la transmisión que acababan de lanzar al vacío estelar era la señal «WOW». Y también la llamada «Last Call». Sajra estaba convencida de que era todas las señales anómalas recibidas en el sistema solar durante muchos años, replicadas por aquel túnel de espejos, el agujero negro, el portal del que se había valido aquel ser primigenio para llamar a la humanidad hasta su cubil. La Sajra de tercera generación había hecho la llamada que atraería a la primera Sajra, a la humanidad y a sí misma hasta allí.

XVI. AMANECER

Sajra volvió su atención de nuevo al cuadro de mando de la estación de radio telescopio e introdujo las coordenadas del teso de aterrizaje. Se las sabía de memoria, ella misma había estudiado a conciencia el planeta para encontrar el mejor sitio y había propuesto aquel lugar para aterrizar. La estática fue dejando paso a la voz de Mila, que seguía tratando de localizarla.

—…desde el Teso del Aterrizaje, si puedes escucharnos…

—Mila, escúchame, soy Sajra. Bran fue infectado por un organismo letal, fue quien estrelló la Adresse y ahora es una bestia que está devorando a toda la tripulación, coged armas y encerraos en el campamento.

—Sajra, qué alegría oírte, tenemos que contarte muchas cosas. Espera, ¿dónde dices que estás? ¿Te encuentras bien?

—No lo sé con exactitud, en algún lugar varios kilómetros al oeste de donde se ha estrellado la Adresse, en una montaña negra, la única que puedo ver desde aquí. Yo estoy bien, de momento, voy a intentar huir con el rover, pero dudo que me dejen llegar hasta el campamento.

—Un momento.

La voz en la radio sonaba diferente, no era Mila.

—¿Me estás diciendo que mi comandante va a huir?

A Sajra se le acumularon todas las lágrimas en la garganta y tuvo que tragar muy fuerte para poder contestar.

—Kim… —dijo en un susurro—, estás bien. —Y la primera lágrima escapó traidora rodando por la mejilla.

—Afirmativo. Y la Answer también. Tengo este trasto bien engrasado para pasar a recogerte en menos de una hora, ¿podrás aguantar?

—No lo sé… De momento parece no interesarse por mí.

—No sabe lo que se pierde. Aguanta, por favor, voy a por ti.

Una tercera voz se coló en la conversación.

—Sajra, soy Noa, debes saber algunas cosas de ese organismo…

Antes de que Sajra pudiera despedir la comunicación, sintió una sombra a su espalda que caía sobre la pantalla de la consola. Suspiró hasta vaciar los pulmones, dejó caer los hombros y volvió a coger aire.

—Al menos me dejarás una última comida… —acertó a pronunciar.

Se giró para ponerle rostro a la muerte. La mujer de ojos negros, con la cara surcada por una tormenta, la miraba impasible, de pie ante ella. Sajra señaló en dirección al rover.

—Es allí —dijo—. Allí guardamos algo de comida. Pero imagino que ya lo sabes, algún momento has sido… una de nosotros. ¿Puedo… —Sajra se movió despacio y dio un paso en aquella dirección— acercarme?

Comenzó a caminar lentamente rodeando a la mujer. Con el corazón a punto de romperle una costilla pasó a su lado pensando que el siguiente paso sería el último. Pero el golpe final parecía no llegar nunca, prolongando su agonía. Dirigió la vista un segundo hacia el cráter, la mole de carne estaba tranquila, solo unas pocas personas se mantenían de pie a su alrededor, quietas, expectantes, como en modo de espera. Entre ellos, Ares y Ciro, completamente ausentes, y, como todos los demás, con la mirada fija en Sajra. Apenas surgían de la bestia unas convulsiones arrítmicas, como latidos lentos y sincopados. Era como un corazón inmenso con arritmia tirado sobre un plato hondo de obsidiana.

La cabeza de la mujer con líneas negras en la cara iba girando sobre sí misma, siguiendo los movimientos de Sajra sin quitarle los ojos de encima. Su cuello, en un ángulo inhumano, estaba a punto de partirse. Sajra aceleró el paso ligeramente intentando que no se notara demasiado y procurando no mirar atrás. Por fin llegó al vehículo y abrió una de las bodegas para coger algo. Cuando cerró la puerta, la cara surcada de estrías negras la miraba desde el otro lado. Sajra levantó una bolsa transparente con algunos alimentos en su interior.

—¿Ves? Solo es comida —dijo sacudiendo la bolsa ante aquella cara impávida—. Ahora voy a sentarme aquí —dijo señalando una roca— a comer tranquilamente, y luego me cuentas qué vamos a hacer hasta que vengan más de mi especie…

Estaba segura de que no le quedaba mucho tiempo de vida. Que de un momento a otro aquel ser la infectaría y acabaría tirándose de cabeza por *voluntad propia*

122

a cualquier agujero pútrido que abriera la bestia palpitante. O que le pàrtiría el espinazo aquella misma mujer que tenía delante y la echaría a las fauces de la cosa del cráter como una bolsa de basura a un incinerador. Sin embargo, Sajra estaba tranquila.

Abrió la bolsa, sacó unas tortas y empezó a comer. Ya no tenía miedo. No sabía si tenía que ver con que fuera clonada. Quizá no haber nacido te preparase mejor para afrontar la muerte. Tal vez al sentir tu vida como una especie de continuación de la de otras te hiciera comprender un poco mejor el ciclo vital, que ninguna cosa empieza ni se termina del todo, y acabas creyendo que, en cierto modo, eres inmortal.

Abrió un tubo de zumo y comenzó a beber. Se sentía en paz. No había conseguido llevar a término su misión, aquella para la que había sido creada. Exclusivamente. Aquello era algo para lo que había que estar preparado mentalmente. No todo el mundo puede asimilar que su vida vale únicamente para completar un objetivo. O quizá, muy en el fondo todo el mundo lo cree así, todas las personas se hacen a la idea de que tienen un destino, una meta, un fin, ya sea trabajar, procrear, dejar huella de algún tipo; porque si no, si creyeran que están aquí para ¿nada? se volverían locas y acabarían quitándose la vida, o buscando consuelo en un estado alterado de la conciencia, en creencias religiosas, o quitando la vida a otros por cualquiera de los motivos anteriores. Bueno, qué coño, pensándolo bien, parte de su misión sí que estaba resuelta, ya sabía de dónde provenían aquellas señales. Ella misma era quien las había emitido. Si no hubiese sido por aquellas señales, ella no habría sido clonada. Si no fuera por sí misma, Sajra no existiría.

Definitivamente estaba tranquila, ya no tenía miedo y se sentía en paz. Cogió el último sobre de la bolsa transparente, lo abrió y se dirigió a la mujer de la cara surcada de rayos negros.

—¿Sabes una cosa? La coliflor era algo que odiaban los niños de la Tierra. Lo sé porque…, bueno, es una larga historia, pero digamos que, aunque sea una verdura que se ha extinguido en el sistema solar, yo la probé hace algo más de doscientos años. Hoy por hoy, la recuerdo y me parece un manjar de dioses. Pero es mejor servirla con un poquito de sal.

Y dicho esto, arrojó el contenido del sobre a los ojos de la mujer. La sal siseó al entrar en contacto con los globos negros de su cara, que se retraían hasta casi desaparecer en las cuencas, convertidos en dos manchas oscuras que resbalaban por sus mejillas. Noa tenía razón, no les gustaba el cloruro de sodio. La mujer no se inmutó, no hizo ningún gesto de dolor ni mostró ningún acto reflejo. Cuando Ut´naloth quiso reaccionar a través de aquel cuerpo, simplemente no veía, así que estiró los brazos para tratar de sujetar a Sajra. Pero Sajra ya no estaba delante de ella, sino detrás. Y tenía en su mano una sierra de arco eléctrico que llevaban en el rover para cortar chapa y que se había guardado al coger la comida. Con un movimiento rápido, pasó la hoja eléctrica por el cuello de la mujer sin ojos y casi antes de que cayera la cabeza al suelo, estaba entrando en el vehículo, para, a continuación, acelerar a fondo.

El rover salió disparado por el terreno en dirección a la pendiente de bajada de la montaña negra. En su camino comenzaron a cruzarse tripulantes de la Adresse.

Atropelló al primero, esquivó a otra y cuando estaba a punto de saltar por el borde de la montaña, se le puso por delante Ares Ramos. La mancha del brazo le subía hasta el hombro y se extendía por el cuello en filamentos negros. Su cara no tenía expresión y estaba parado frente a ella sin moverse. Sajra tuvo tentaciones de atropellarlo, Ramos no le caía bien y, al fin y al cabo, ahora era un infectado más. Pero si Noa tenía razón y algunos se podían curar en función del grado de infección... Ares era un capullo, pero era un compañero que había demostrado lealtad y compromiso con la tripulación. Mierda, jodido capullo.

Sajra dio un volantazo y el vehículo viró bruscamente, levantándose de un lado. Las esferas del lado derecho escarbaron sobre el terreno sin conseguir agarrar. El rover se desplazó varios metros de lado chocando contra el capitán Ares Ramos, que se encaramó al costado y con su brazo negro comenzó a hundir la puerta a puñetazos hasta que abrió un boquete. Esta vez Sajra no tuvo tantas contemplaciones y le arreó una patada con el talón en la mandíbula, pero Ares apenas se movió y aprovechó para agarrarla del pie. Sajra soltó el volante, cogió los broches de la bota con ambas manos y tiró de ellos. Volvió a sujetar el volante para girar bruscamente mientras Ares perdía el equilibrio y salía despedido con la bota entre las manos.

Una vez más volvió a acelerar a fondo buscando hueco entre los infectados para bajar por la montaña. Entonces, un bramido de mil voces de animales surgió del cráter. La mole de carne purulenta estaba saliendo de su letargo de la digestión y comenzaba a estirarse. Era como ver un tumor desarrollando extremidades. Se alzó varios metros sobre tres pilares gangrenosos que la sostenían. Era una monumental torre orgánica en movimiento. El extremo superior estaba rematado por una corona de tentáculos que se agitaban violentos sacudiéndose contra el suelo. A Sajra le invadió un recuerdo ajeno de cuando la primera Sajra era niña. En el lugar en el que vivía había una plaga de conejos que se escondían en las alcantarillas y los terraplenes sobre los que se levantaban los edificios. Si conseguías matar o atropellar alguno, tenías la obligación de llevártelo, y también tenías derecho a comértelo. Su padre había atropellado uno y lo estaba despellejando en la cocina. El conejo tenía la parte de abajo intacta, pero la de arriba era una masa de carne y vísceras que bailaban salpicando por todos lados mientras su padre tiraba para arrancarle la piel.

Un tentáculo visceral aterrizó delante del rover y Sajra frenó en seco a pocos metros para comenzar la retirada marcha atrás. Pero chocó contra otro palpo de carne que le impedía el paso. Atrapado por este, el vehículo se alzó en el aire y Sajra pudo ver en el ascenso la magnitud carnosa de Ut'naloth. A su paso por la superficie de la criatura distinguió restos humanos que no habían sido asimilados por la bestia, como pelo, uñas y huesos, diseminados por toda la mole gangrenosa. Cuando llegó a lo más alto de aquella corona tentacular, Sajra pudo ver un túnel que surgía de entre ellos hacia el interior del monstruo: una boca descomunal sembrada por una hilera de huesos que se perdían en espiral en su interior, como una siniestra escalera de caracol. Entonces se vio sacudida por aquel tentáculo a una velocidad que la hizo flotar en el interior del vehículo hasta que se estampó contra el suelo. Las esferas de goma absorbieron parte del impacto del rover, pero Sajra rebotó dentro golpeándose contra el techo y el asiento quedándose sin respiración por un momento. Apenas le había dado tiempo de recuperar el aliento para contarse las costillas rotas cuando el rover empezó a ascender de nuevo.

De pronto, dos explosiones muy seguidas se escucharon afuera y el vehículo cayó desde poca altura, pero Sajra se retorció de dolor igual que si llevara una coraza de clavos.

En el Answer, Mila junto con dos soldados disparaban desde una escotilla del techo las armas de la confederación contra la bestia. Colgando del brazo de carga, el laboratorio de la doctora Noa se balanceaba pesadamente boca abajo. Merah, sujeta con un arnés al box, se encontraba junto a la puerta, cuyo cristal estaba tapado con una lona. Dos explosiones más hicieron que el tentáculo que salía disparado en dirección a la nave perdiera parte de su masa y se retrajera. Kim aprovechó el momento y se situó sobre la bestia. Merah tiró de la lona que tapaba la puerta y una luz cegadora surgió del interior del laboratorio restallando como un látigo eléctrico. Acto seguido pulsó el botón y la puerta del box se abría dejando caer varios metros cúbicos de hipoclorito de sodio sobre la boca de la criatura. Los kerianos en su interior quedaban sujetos a una malla anclada a las paredes del laboratorio. Algunos envoltorios de *Choc'up* caían lentamente volando como mariposas de alas azules y marrones con letras doradas.

La bestia se contrajo a una velocidad indecible para su tamaño. Los tentáculos entraron en el túnel de su boca replegándose y las columnas de sus patas se encogían dentro de la mole a medida que reducía su altura y se extendía, cubriendo gran parte del cráter. Estuvo unos segundos así, hasta que se abrió como el cadáver de una flor de papel que se disuelve en el agua. El cráter quedó inundado de un líquido marrón donde borboteaban restos de carne en descomposición.

Los infectados que aún quedaban en pie en torno a aquel lago maloliente empezaron a caer al suelo como insectos después de una fumigación. Algunos aún se arrastraron un tramo, vomitaron una pulpa oscura y quedaron tendidos en la tierra negra.

El Answer posó suavemente el box del laboratorio en el suelo. Dentro se oían cientos de chasquidos y siseos. *Otros, otros, otros, otros, chocolate.* El traductor de Merah no daba abasto mientras ella volvía a cubrir la puerta del box con la lona negra y encendía las luces dentro para intentar calmar a la multitud de seres que acompañaban a Plata en el interior. Recuperar la confianza de estos seres les iba a costar el resto del cargamento de chocolatinas que aún quedara sano en la Adresse.

Un rasgueo metálico provenía del rover al borde del cráter. Su techo se puso rojo, luego amarillo y brotaron chispas desde su interior mientras se abría una raja en la chapa. Finalmente, una mano con una sierra eléctrica asomó por el agujero. Kim bajó de la nave para terminar de abrir el techo. Le dio la mano con una sonrisa luminosa en la cara y tiró de ella para ayudar a salir a Sajra, que se sujetaba con la otra el costado con una cara que viraba entre la risa, el llanto y el dolor.

—Has aguantado —dijo Kim.

—Fui creada exclusivamente para ello.

Kim la besó con cuidado y caminaron juntas hasta el Answer, donde Kírion manipulaba el brazo de carga intentando volver a enganchar el box sin éxito. Mila ayudaba a quitar el arnés a Merah, y los soldados, acompañados por Arima, buscaban entre los supervivientes signos de vida. El capitán Ares Ramos tardó en reaccionar, pero, después de un masaje cardiaco, vomitó y se quedó sentado mirando la bota, que sujetaba con el brazo que ahora le había quedado inservible.

* * *

Arima se encargó de los pocos supervivientes que aún estaban vivos, aunque la mayoría habían muerto debido al alto grado de necrosis en sus tejidos. A petición de Merah y en un último acto de homenaje y recuerdo a las víctimas, recuperaron una antiquísima costumbre terrestre, desechada hacía siglos por la falta de espacio para albergarlos: enterraron a sus muertos en la cima de aquella misma montaña, y levantaron un túmulo de piedras negras al pie del cráter.

Dejaron también la estación de radio telescopio situada en la montaña negra, donde solo volverían para enviar informes al sistema solar con su progreso en la colonia, así como para leer las respuestas que llegarían decenas de años más tarde.

* * *

Una vez estuvieron todos a bordo, recogieron el box del laboratorio con el brazo de carga y Kim puso rumbo al campamento norte. Amanecía. Era lo más parecido a un amanecer que verían en ese planeta. Érebo se apartaba lentamente de la cara de Fos, arrastrando despacio su sombra maligna, como un velo, en retirada por el planeta, devolviendo la luz al hemisferio que le pertenecía y relegando la noche eterna a su reino perpetuo de tinieblas. Sajra veía el comienzo de un nuevo día a través de la ventana del Answer con una mano sobre la pierna de Kim. Al fondo, la espalda azul dorada del mar se extendía hasta el horizonte en un vaivén sedoso. Hogar. Esa era la sensación que Sajra tenía cuando lo miraba. Tiempo después, según se fueran aclarando las nieblas de otras vidas, sabría que su padre había sido marinero. Sus sueños con el mar eran recuerdos. Ahora aceptaba todos aquellos recuerdos, ya no los sentía ajenos, y agradecía todo lo que le llegaba de las otras que habían sido ella. Si esas vivencias acudían hasta ella, sería por alguna razón. Quizá su cuerpo fuera nuevo, distinto al de las otras que la precedieron, pero puede que su esencia fuera compartida. Acaso el alma pueda guardarse en un cerebro cibernético.

EPÍLOGO

Una protoflor endémica del planeta, recogida por Noa en un paseo, resbala del montículo de piedras negras. Merah le había dicho a Sajra que aquella era una manera de honrar a los muertos en las antiguas civilizaciones terrestres, además de un ritual para traerlos de nuevo a la mente y demostrar que no han sido olvidados. Sajra, capaz de recordar vidas que jamás vivió, tampoco olvidó nunca.

Algunas rocas de basalto caen al suelo desde la cima del túmulo que marca el cementerio en las regiones de la noche perpetua. Bajo la tierra, se agita en sueños aquello que no vive, esperando que las estrellas se encuentren en posición y vuelva la oscuridad para salir de su letargo, pues no está muerto aquello que yace eternamente…

Índice

Señales de Érebo
de JORGE ACIAGO
terminó de imprimirse el día
05 de marzo del año 2024.